SVはつらいよ

SUPERVISOR

生活支援課保護2係

田渕 青

TABUCHI AO

幻冬舎MC

SVはつらいよ

～生活支援課保護2係～

生活保護は多くの人が知っているだろう。

そこにケースワーカー（ＣＷ）がいることも、まあ知られているだろう。

でも現場に、査察指導員（ＳＶ）がいることは、あまり知られていない。

目次

ep. 01 • 見里ＳＶ、また電話が……

「見里ＳＶ、また電話が……」

去年、20年ぶりに役所人生の出発点〝古巣〟に戻り、当初はケースワーカー（ＣＷ）として今の業務を経験、この4月から生活支援課保護2係の査察指導員（ＳＶ：スーパーバイザー）となった。

被保護者に直接、自立助長のための助言・指導をするのがケースワーカー。

ＳＶはそんなワーカーを管理、指導、教育、評価する、かなり偉そうな立場。

私は、そんな大それた者じゃないけど、訪問記録や保護費の変更、開始や廃止の起案などを決裁しつつワーカーからの相談を受け、無い知恵絞りながら、日々〝組織的な対応〟を心がけています。

今、相談してきた大迫ＣＷは、管財課から異動して3年目の女性ケースワーカー……今と昔と違うのは、受給者増に合わせてワーカーも増え、かつての男所帯に女性のワーカーもいることか。

「母子世帯の山崎さんなんですけど、また匿名の電話があって、内容は前と同じで、『男がいるのに、なんで役所は見過ごしているのか！』と少々荒い口調でした」

〝通報〟の主は、近隣住民なのか知人なのかは不明だが、内容がかなり具体的である。

生活保護は、困窮していれば無差別平等に誰でも受けられるが、受給者が少なからず引け目を感じることがある……スティグマの問題は昔からの課題ではある。

その場合ひたすら隠すか、本当は保護を受けなくてもいいけど、上手く役所を騙してもらっている、的なことを吹聴する人も中にはいる。

今回の事例、経験からのカンでしかないが、後者の、親しい知人にミエをはったように思えた。

だが人は、身近に見つけた小さな〝ズル〟には寛容にはなれないもので、自分が働いていて、怠惰に映っているのに暮らしていける様を見れば、損をした気分にもなる。

くだんの電話は一度や二度ではなく内容が具体的で、世帯の家族構成、住所、〝男〟の部屋番号など、よほど気を許した親しい関係なのだろうか？　あくまで推測の範囲ではあるが。

保育園に通う子供もいるが、時々その男性が送迎もしているとのこと。一度母親と一緒にお迎えに行けば、園としても〝保護者〟と認識してしまうのだろうか。

母子世帯とは、配偶者のいない婦女と18才未満の児童のみの状態を言い、当世帯は、離婚した山崎さん本人と長男からなり、本人が疾病で十分に働けず保護受給に至っている。

もし、通報通りに〝男〟がいる、居住を同一にしているのならば、内縁関係であろうと単なる同居人であろうと、その者も含めた世帯構成で保護の要否を検討するのが原則で、当然、その者の収入や資産も確認の上である。

大迫が訪問しても、会うことができず状況把握ができないので、同行訪問してほしいとのこと。

「1階のここがその世帯の、反対側のアパートの2階、あの部屋がその男性の……だそうです」

「……」

「どうかしましたか？」

「あっ、いや……俺がこの仕事長いの、知ってるよね」

「はい、前に伺ってます」

「デジャヴか？　前にも数回、こんな現場があったよ」

「そうなんですか！　〝こんな〟って？」

「うん、母子……だったな、だいたい。電話の通報があって、相手が隣の物件って……まあ、ご近所付き合いからの縁……ってこと？　世の中にはありがちかな」

「傾向として、覚えておきます」

「父子家庭ってのも一度あったなあ」

「父子……ですかぁ？」

「ああ。通報じゃないけどね。やっぱりこの位置関係でさあ、話があるって言うから訪問してノックしたら、本人と子供があの窓から『どうもぉ』ってね」

「隠す気なし？って……」

「隠すもなにも、所帯持つから保護はやめるって」

「あら、そっちの方ですか」

「元々、手に職持っててバリバリ稼いでいたけど、奥さんが男作ってね……子供を渡さないのはいいけど、仕事が思うようにできなくてさ」

「奥さんが浮気ですかぁ。子供を渡せば浮気相手にも渡した感じ……私ならイヤですね」

「そう。上の子はいろいろ分かる歳だったし、父親としては良い判断とは思うけど、仕事がねえ、歩合ってなれば育児との両立が……」

「でも、再婚とかであれば……」

「まあ、俺の人生でも上位の誠実さだったよ。そこはリスペクトした。誠実は大事さ」

「誠実たれってのは、不正っぽく裏金貯め込む政治家に言ってください」

「……そんな機会があればな」

「んじゃ、派手めに玄関をノックしてみてね、俺はあの窓を見てるから」

コンコンッ、(おっ、元気な音だ)

中からの応答はないが、くだんの部屋のベランダの窓からこちらをのぞき見る女性の顔。にっこり微笑んで会釈したら慌てて引っ込んだ……私は面識はないが、ご当人ってことなのか？

再度ノックしても、中からの返事はなく、くだんの窓からも顔は現れず、5分ほどしたら別の方向から本人が現れる……先程のお顔です。

「あら大迫さん、どうしました？　ゴミ出しに行ってて……あっ、すぐに開けますね」

と、玄関を開けて我々を中に招いた。


玄関を開けた途端、ドアポストに溜まっていたDM類が落ちた。

中にはうちからの通知、前に大迫が残した不在票も……顔を見合わす我々。

玄関にスリッパの類はなく、床のホコリが容易に目に入る。

雨戸は閉めてあり、中の空気が淀んでいた。北側の台所に通され床に座った。

通報が間違い、その方がありがたいってのが本音だが、実際、別のアパートにいたり、本宅に生活の跡がないと……

「今日は、上司の見里に一緒に来てもらいました」と大迫。

「ちょっと暗いんで、雨戸を開けてもいいですか?」と私、返事を確認し南側の雨戸を開けた。

幼児の男の子がいるなら、それなりに散らかっているはずが……3人の子の父としての経験から、この部屋の印象は、〝何もない・誰もいない〟である。

「ちょっと、トイレを貸してください。手も洗わせてもらってもいいですか?」

「えっ? あっ……はい」

上司の同行となれば、単なる〝いつもの訪問〟ではないことを本人も感じているのか、何か落ち着かない様子である。

大迫から、訪問しても会えない、不在票を残しても電話がない、保育課に確認したら、お子さんは通常通り登園しているようだし……状況が分からないので、今日は上司と来た、と説明が入る。

この、上司って言われ方、正直イヤなんだよね、管理職手当もらってないし……でも、対外的にはこう言わないとだし。

大迫が話している間、トイレの蓋を開けると水がなく使用した様子が窺えない。

台所の流し周りにも何もなく、洗面台と同様に濡れてもいない。やはり使っていないようだ。

「お手洗い、ちょっと使えそうもないですねえ。大迫、帰りにコンビニに寄るから」

子供のこととかで出かけていたりで不在もあり、手紙も見たので電話しようかと思ってて忘れていた……等。

「電気も点かないし、水も出ないようだけど、どうやって暮らしているの?」と私。

「携帯代とか、先に払ってうっかり水道や電気を滞納しちゃって……」

「そお? でもこれではここで生活できないのでは? お子さんもいるのに」

「近所の友達に、お風呂借りたりしてなんとか……」

「うーん、中の様子からは一日二日ってことじゃないって、私は思うんだけど。郵便物の溜まり具合とか……お子さんがいて部屋に何もない、うちにも子供はいるけど、物が溢れてますよ」

しばし沈黙が続く。

「胸襟を開く、って言葉はご存知ですか?」

「いえ……」

「まあ、隠さずに思っていることを打ち明けるって意味で、普通は親しい仲で使うもんです」

「そうなんですか……」

「山崎さんと私ら、市民と職員とか、受給者と担当って関係で、決して親しい仲じゃあないですよね。でも、私は率直にこちらのことはお話しするつもりです」

「……」

「電話がね、ありました。担当の大迫宛に。それ以前にも前任の藤吉の時にも……」

「電話……ですか」

「はい、その方、あなたが母子家庭で生活保護を受けていることもご存知なようで。その上で、男がいてここには住んでいない、という内容です」

(直球だなあ見里SV……早くトイレに行きたいのかなあ?)

「いえ、ここで……暮らしてますよ」

「ええ、その電話をそのまま鵜呑みにはしませんよ。もちろん、電話を受けた職員は、保護受給の件も含めて役所としてその人に関わっているとも言いません、まあ、聴くだけです」

「はあ……」

「今日は、山崎さんについての電話が多くて、大迫がこちらで会えないってこともあって、私も来ました」

「そう、なんですか……」

「率直に言いますね……少なくとも1ヶ月、いや3ヶ月くらい前からここでは生活していないように思えます。先程、ベランダの窓越しに私と目が合ったお部屋ですかね？」

「……」

「あなた方がどこで誰と暮らそうが、基本的には個人の自由ですよ。もちろん、保護を受けたら恋愛禁止なんてこともないですし」

「はあ……」

「でもですね、あなたは母子世帯ということで生活保護を受けて、その費用は税金で賄われています。保護を受けている間は、世帯に家族に、何かしら変化があれば知らせるようにと、常々お話ししていますよね」

「……は、はい」

「どこかに移るでも、誰かと暮らすでも、きちんとおっしゃっていただき、まだ保護が必要かどうかを、その都度判断させてもらいたいのですよ」

かなりトーンを下げて、ゆっくり話した。

「いいえ、ここで暮らしています」とそれでも言う。

「(低い声って苦手なんだよなあ……) 山崎さん、今日はあなたを懲らしめに来たわけじゃないんですよ。私らの仕事の目的は、あなたとお子さんが平穏に暮らせて、いずれは保護がなくてもやっていけるように支援する……お子さんの成長とかもあるから、少し時間がかかってもね。その上で、実情に則して対応したいと考えているだけです」

「……い、いいえ」

「否定されるのは、本当に違うのか? それとも……よーく考えて、特にお子さんへの影響と言いましょうか……。子供はちゃんと親の背中を見ていますよ」

「えっ……」

「世間に対して誠実か不誠実かも……肌で感じて、人格形成の材料にもしています」

しばし沈黙の後……

「あ、あの、すいません、なんか言いづらくて、決して変な関係とかじゃなくて、息子もなついていて、いい人なんで……」大迫と顔を見合わす。

「あの……それで、男じゃないんです……」

「えっ? 今、何と?」再び大迫と顔を見合わす。

「女性……なんです、相手の……ひと」

「……トランスジェンダーってことですか?」と大迫。

「ええ……。旦那と別れたのも、自分の中の違和感に気づいたというか……」

保護台帳の生活歴には、性格の不一致により離婚、という記述はあったが。

「……んって、でも、保育園のお迎えとか……男性と……とか」

「ぱっと見、男というか、中性的な顔で……よく間違われるって」

そう言ってスマホの写真を見せ、たしかに、どこぞの歌劇団にいそうな顔立ちではある。

「……すいません、驚きまして」

「いえ、かまいません。普通じゃないって思われるのも心配で、大迫さんにも言いづらくて」

「そうでしたか……そういう方々がいることは、否定せず理解もしているつもりでしたが、目の当たりにして驚いている、要は理解も不十分のようですね」

「そ、それは仕方ないと思います。私も……言うものなのか、どうすればいいか分からなくて」

「うちって、パートナーシップ制度ってどうなってたっけ？」

「市民課への届け出、やってます」

「ご存知でしたか？」

「私はあまり知らなくて、向こうは少し調べていたようですけど」

「本来は、国がきちんと法整備するものでしょうが、夫婦別姓とかその手のことは、是非はともかく棚上げ状態ですからねえ」

「難しい問題なんですか？　やっぱり……」

「んなわけない、と私は思います。現実にいる人たちに合わせるもんでしょ、本来は。国のことは待てないから、自治体が先駆けてやる……ってことかな」

「法的権利まではは保護されませんが、社会的な配慮……ってことだったかと」

「まあ、その辺りはお相手の方と相談して、生活保護としては……」

相手が男性でも女性でも、世帯構成の変化ではあり、保護の要否や適用に関わることには変わりはない旨説明した。

相手は日中は仕事で不在のため、夜にでも今後のことなどを相談して、明日来所するということで、相手の氏名を確認して、ひとまずは帰ることにした。

帰りの車中……

「見里SV、今日はありがとうございました……コンビニ、寄ります？」

「あっ、驚いて尿意がぶっ飛んだ。役所までは大丈夫……驚いたよ、ホント」

「私も驚きました」

「こういうこと、今までは〝男〟だったし、その都度、なんかね、問い詰めるようでさ、正直、嫌いな仕事だよ」

「皆さんが、正直に暮らして正直に受給してくれれば、やらなくてイイことですしね」

「まあな。今回はさあ、勝手が違うよな……相手が異性なら意図的に隠す？　……同性かあ……言いづらさってもんも理解できるし」

「言いづらさと同時に、マズいって認識もあったみたいですね」

「そうだねぇ、そんで今日突然2人で来られて……本人も混乱してたかも」

「これって、刑事告訴とか……ですか？」

「そこは難しいなあ。相手が同性でも異性でも、起こっていることは同じだろうけど」

「同じ？」

「うちの観点は性別じゃなく、何人で暮らしていくら必要で収入はいくらある？ってことじゃん。だから、担当に言わなかったことは、厳密にはルール違反だろ」

「そこは、そうですね」

「でもさっき言ってた、社会的配慮とか持ち出されるとさあ……」

「世間から、容赦なさ過ぎとか、オニ扱いされますかねえ……」

「まあ、保護費の一部は返してもらうようになるだろ。行き来してた時期と程度は何とも言えんが、自室の不使用ってのは、やる気になれば、いろいろ証明する術はあるんで。まあ話を聴いて、彼女がいつからって言うか、からかなあ……」


「日本はさあ、何事も性善説が前提なんだよね。受給者の全てが誠実か？　極々一部ではあるが不誠実か？と思うような人もいるわな」

「私も、２年ワーカーをやってて、あれ？って思うことありました……」

「もちろん、俺とお前さんとでも価値観は違うし、それぞれの良識ってヤツでの感覚だけどな」

「ええ、その辺りは個々の考え方ではありますね。ただ、いつもＳＶが言うように、私たちの仕事では基準って線引きを……ですよね」

「そう。別に、受給者だけの話じゃないしな。世の中には、何かしら変だと思う人は一定数いるんじゃねえか？　うちの役所にもいるし、芸能界だってプロ野球界だって。身近なとこじゃ、町内会や保護者会にだって」

「だからって、保護しないってわけにもいかないんですよね」

「まあね。今回はまあ、事情は考慮するとして……隠そうとしたらもっと悪質というか、狡猾に立ち回ることもできただろうけど、彼女はそこまでじゃなかったよね。相手との関係性？　別れるってなれば、お金に困るとか、本気で好きで嫌われたくないとか、それなりに不安もあったかもな」

「双方本気なら、ちゃんと届け出て世間にも認知してもらって、仲良くした方が幸せですよ！」

「新婚さんのラブラブファイヤーにゃ、誰もかなわんよ」

「ホホホホ、イヤですよ、ホントのことだし」

「（天然だな、やっぱり）明日は多分、殊勝な態度で来るんじゃないかなあ。もしかしたら、その相手ってのも、事情は深く知らなかったのかもだし」

「さっき見里ＳＶの、子供が親の背中を見てるっていうの、私にはまだ子供はいませんが、なんかグッと来ました。山崎さんもそれで、ちゃんとしなきゃって思ってくれたんですよ。やっぱり子育てしていて感じるんですか？」

「ああ、あれね。むしろ俺が親に、ロクでもない背中を見せられたからかなぁ……」

ep.02・見里SV、PTA会長なんですか？

話は少し戻り3月下旬……

「連絡用に使うから、メールアドレスを教えて……」教育委員会にいる、同期の北澤だ。

「あっ、びっくりした……メアド？　ル・インじゃなくて？」

「通知文とかを送ったりもするから」

「市P連（市PTA連合会）からの会議の連絡とかか……？」

「うちの課が市P連の事務局なんで、要はうちからの発信。見里の中学校の西ブロック内は、ル・インでやり取りじゃねえか？」

「もう前任の会長と友だちになって、西ブロックのグループには入っているよ」

「あと、各ブロックから、市P連の常任理事を出してもらうんだけど、見里やらねえ？」

「えっ、常任理事？　聞いてねえよ……何やるの？」

「何を……まず、会議。そして会議」

「会議かい！　やるのは、やっぱり夜か？」

「公立の小中学校は45校もあるんだよ。毎回全員来られないから、理事会って形で数回やる。見里は時間、19時になったらここから6階に上がるだけだろ」

「物理的にはな。なんか、会議が長そうな……21時過ぎるか……」

「まあ、皆さんそれなりに発言するからね。後で武田先生が頼みに来るかもだからよろしくな」

「見里さん、ＰＴＡですか？」

まだ独身の柳沢ＣＷが話しかけてきた。

「ああ、長男の中学校のＰＴＡ会長になっちゃったよ」

「会長ですかぁ！　大変ですねぇ！」

「既に本部役員ってのを、小学校で２回、中学校で１回やってて、今回は４回目」

「そんなに！　すごいですねえ！」

「今までは副会長だったけど、今回は初めて会長なんだよねえ」

「……出世、ですか？　すごいじゃないですか！」

「別に出世じゃねえよ。うちは小中学校で子供が３人も世話になってるから、できることはやるの。ヤナは今は独身だけど、いつか子供ができたらやりなよ」

「えっ、ちょっと……」

「面倒か？」

「えっ、まあ……」

「子育てなんざ、本来面倒なの！　だったらその〝面倒〟も引っくるめて味わった方がお得じゃん」

「そうなんですか、ピンときませんが」

「俺は、その煩わしさも含めて楽しんでんの！　まあ、奥さんに言わせれば、美味しいトコしかやってない……らしいけど」

「（奥さん厳しいなあ）すごい境地ですね……俺、そこまでなれるかなあ？」

「実は、特典もあるぞ。学校の役は世帯ごとだから、父親がやれば母親は何もしなくていい」

「えっ、そうなんですか⁉」

「本部とか会長だと、その免除期間がさらに長いし」

「タイパ的にいいんですね」

「フフフ、みんな大好きだろう……特典ってヤツが」

「たしかにそれは、悪くないですね」

「おうよ。うちの奥さん、保育園でも学校でも役員決めのクジすら引いたことがない」

「なるほど……」

「これから先、結婚したい人には『保育園も学校も、町内会も役員やります』って言ったら、印象いいんじゃゃね」


既に3月中旬、新旧本部役員の顔合わせと引き継ぎをした。

その際、新年度の経理の予定表で、締日と重ならないように年5回の役員会の日程も組んだ。

本部も4度目なのでその辺りは慣れて、学校・校長の都合の次が会長の都合と、むしろ副会長の時よりも融通が利いた。


北澤が来た翌日、事務局でPTAの世話役をしている武田先生がやって来た。

退職した元校長先生で、学校のこともPTAのことも熟知している方だ。

「どうも見里さん、初めまして。北澤さんとは同期なんですねえ。西ブロックの専門部長、今年は〝市長・教育長と語る会〟なんですけど、それと常任理事がまだ決まってなくて」

「えっ、〝語る会〟も西なんですか？　めっちゃ面倒なヤツじゃないですか！」

「ええ、専門部長か常任理事、どちらかをやっていただけると、助かるんですけど」

「ははは、その二択じゃ常任理事でしょうけど、西の他の方、誰かいないんですか？」

「なかなか手を挙げる方は……」

「それじゃあ、常任理事ということでお受けいたします」

「ありがとうございます。4月下旬に新旧会長会議が、5月に新旧の理事会があって、その後に総会があります。正式には総会後ってことですが……」

「ははは、会議三昧ですな。時間になったら6階に上がります……」

「去年から、リモートも活用していますが……」

「まあ、もろもろ設定するより、エレベーターで上がる方がいいので」

以上の経緯で、市P連の常任理事にもなってしまった。


4月になり予定通り会議が始まる。

会議の度に2階から6階に上がり、疑問や気づいた点があれば発言はしていたが……市P連会長や他の理事さんたち、意識高い系で、置いていかれそうなのはたしかだった。

そして総会の日、いつもと違うのは、会場が8階大会議室だということ。

総会には各校校長も出席だが、小学校の同窓生が2人、校長として出席していた。この邂逅《かいこう》は嬉しい誤算ではあった。

リモート参加も多く空席もあり、来場者がほぼ見渡せ、その中に、知っている顔を見つけた。古巣に戻った年に、ケースワーカーとして担当した父子家庭の世帯主であった。

総会資料に目をやると、その名前が記載されていた。

(山坂幸二さん……たしかうつ病で働けない……だったよなあ、上の子はうちと同じ学年だけど、下の子の、神峰ヶ丘小学校の会長を受けたんだ……意外だなあ)

もちろん、受給者であろうと病気療養中であろうと、PTA活動に規制はない。むしろ、そのボランティアの気持ちは評価に値するだろう。

(でも、大丈夫なのか?)と、少しばかり心配にはなった。

一般的に、本部役員や会長を敬遠するのは、物理的な忙しさと精神的負荷が理由だと思う。自分のように楽観的なら気にはならないが。

(まあ、自身で大人の判断をしたのだろうから大丈夫だろう。あえてこの場で、俺から声はかけないし、担当……柳沢に言うことでもあるまい)

閉会後、同窓生の校長2人としばし立ち話をしてから会場を後にした。1人は神峰ヶ丘小学校の校長であったが、特に〝新会長〟のことには触れなかった。

数日後、柳沢が上げてきた保護台帳の中に、山坂世帯の訪問記録があった。

5月下旬の日付、聴取内容に『よく保護者会に顔を出していて暇だと思われたのか、PTA会長を頼まれた。最初は断ったが、他にいなくてどうしても、と言われて引き受けてしまった。未経験のことなので心配である』との記述が。

「（この程度は、受諾したら誰でも普通に抱く不安かな）おーい、ヤナぁ……」

「何ですかあ？」

「これこれ……ＰＴＡ会長なの？」

「そうなんですよ。この間見里さんとあんな話をしたばかりだったので、少し驚きました」

「全然悪いことじゃない、むしろいいことだよ。ただ……病気のこと、少しだけ心配かもかな。学校はさあ、給食費の代理納付で保護受給世帯ってのは知ってるけど、病気まではなあ」

「保護を受けている理由までは、知らせませんからねえ」

「まあ、何事もなければ精神的に追いつめられることもないだろうけど」

「何かしておくようですか？」

「何か……って言ってもねえ。訪問時にさり気なく、ＰＴＡはどう？って聞くくらい？　気持ちの負荷があるなら、精神保健の情報をアナウンス……かなあ」

「まあ、意識はしておきます」

「うん。あくまでボランティア、あまり重大に考えない方が良いと、経験した職員が言ってたとか、会話の流れで言うのはかまわないよ」

　6月になり、総会後最初の理事会があり、近々の行事、〝新任会長研修会〟についてや、会則や会計に関しても議論された。

　その中で、市Ｐ連が代表で契約している団体損害保険について意見が出た。

「昨年、加入者が1、000人を切ると割引率が下がる、という話でしたが、今年度の加入は950人と、懸念していた数になりましたが……」去年から継続で理事をしている人からの意見だ。

「今や、自動車保険のファミリー特約とか職場で加入できる保険など、ほとんどの家庭に何らかの加入機会があるので、その役割は薄れてきたのでは？」

今後の存続に、やや否定的な意見。組織の運営としては、そういう経営者的視点も決して間違った考え方ではない。他の理事からも、追随する意見が2、3出された。

「加入が950人になっても、割引がなくなるわけではないです。手間は事務局だけですし、市P連からの支出もないので、まだまだ必要な方がいれば、続けたいところですが……」と武田先生。

（なんか場の空気が、存続に否定的に傾いてんじゃね？　やっぱり言わないとかなあ……）

「あのぉ……一つよろしいでしょうか」控えめに挙手をしつつ……

「私は、ここの市役所で生活保護の部署にいるのですが……受給世帯に、お子さんが小中学生という家庭もたくさんあります。その多くは無職か職場の保険はない、あまつさえ、自動車の保有も皆無と言えます。なので、損害保険加入の機会が、団体割引付きで存続されるのは、意義深いのではなかろうかと……」

すると、別の女性会長の手が挙がり、

「私は、その損保の……」同じ西ブロックの会長、専門部長になった関係で出席していた。

「たまたま損保会社に勤めていまして……市P連の契約先じゃないですけど……今の時代、コンビニでも加入手続きはできます。でも、何かきっかけがあるかないかで、加入するかしないかも分かれます。そういう意味では、機会を残すということには意義があるかと」

（おっ、なんか援護射撃）

「損害保険を広く行き渡らせるとは、最終的には被害者を保護することです。お子さんが何かしらの事故を起こしてしまう、これは家庭、親の経済力に関係なく、ほぼ同じ確率ではないでしょうか。そんな時、加害者側の賠償能力に差があると、困るのは被害者でありますので」

と最後は武田先生がまとめてくれた。

「最近は自転車の保険の義務化などもあり、受給者には損保加入を推奨すべきかもしれません。今後は福祉事務所としても、小中学生がいる世帯に保険加入を勧める際に、ＰＴＡのもある、くらいはアナウンスするようにします」と補足した。

会議終盤、その他の事項で……

「うちの学校で、『生活保護でＰＴＡ会費が払えない』と入会を拒否する家庭があって……」

〝生活保護〟という単語が出た瞬間、視線の集中を感じた……これが、圧か。

「えー、説明しますと……ひと言で生活保護と言いますが、生活扶助、住宅扶助、医療扶助……等の８つの種類がありまして、その中に教育扶助もあります。ざっくりの月額で小学生３、６００円、中学生６、０００円です。他に給食費は役所が直接学校に支払い、副教材代は別途出します。なので、月額で概ね２００円から３００円のＰＴＡ会費が捻出困難とは？　使途に制限はありませんが、うーん、それじゃあ何に使ってる？という話に」

「そうですよねえ……生活保護って言われると、何も言えなくて……」

「まあ制度としては、義務教育にかかる費用は補填している、とはなりますが、会費の支払いとか加入自体も任意なので、どの世帯にも強要はできませんよねえ」


ＰＴＡの有り様に関しては、昔から世間でもいろいろ議論されている。

最近は、任意団体だから加入は自由……と、免罪符のように任意を強調する人も増えている。

もちろん間違いではない。ただ、子育てとは人育てであり、家庭だけ、学校だけで完結されるとは思わない。家で育てる親と、学校で育てる先生とで、子供の利益を考える場・機会であろうし、子育てに含まれるものと思う。


ＰＴＡへの参加とは、つまるところ、時間的拘束を伴う何かしらの〝役〟をすることである。

経済的理由に限らず、何かと理由を付けて避ける人はいるが、ＰＴＡ活動は、巡り巡って子供の利益になると、何度か経験して確信はしている。


仕事、介護、体調……みんなそれぞれ事情はあるだろう。でも、どの理由も24時間３６５日やり続けているわけではないし、ＰＴＡ以外の家族のため、子供のための休暇は取るものだろう。

介護サービスの活用とか、体調の許す範囲とか、できることはやるという意識は持ってほしいと個人的には思う。

まあ、私は子供のお陰で貴重な体験ができて、子育てを数倍楽しんでいる。
子供が楽しく学校に通う、それには親も楽しんでいる、これは相当な効果であろう。

ep.03・見里SV、まいりました……

「高原さんっ！　いるかいっ！」

始業早々、窓口で大声を出している山岸さんは単身の傷病者、統合失調症を患っている。保護費を消費してしまい、次の支給日までお金がないから、何とかしてほしいとのこと。

高原ＣＷは30代後半の男性。スポーツ振興の部署から異動して３ヶ月目。前任者から引き継いでから、というかこの課に来てから、電話であれ窓口であれ、彼女の対応に多くの時間を費やし、他の業務に支障を来し出している。

山岸さんは、一箇所に長く住み続けることがあまりなく、他市から転入し、その後も二度市内転居をして、２係の担当地区に来て半年ほどである。

お金がないというのは本当のようだが、何に消費したかを問うと毎回言うことが変わり、落とした、盗まれた、寄付したなど一貫性はない。落ち着かせて使途を整理すると、概ね無計画な浪費のようだ。

保護費は、一部の例外を除けば、毎月の支給日に一月分を渡して、次月までそれを計画的に消費しなければならず、「なくなりました、ではまた出します」というものではない。

浪費が頻発するようなら、本人と話し合い分割支給にもできるが、彼女はそれは拒んでいた。

そうなると、こちらにしてあげられることはない、というのも分かっているのか、ひと通り言いたいことを言い尽くすと帰る、の繰り返しである。

その間、「それでも福祉かぁ！」などと大声で怒鳴る、何とかしてくれと土下座をするなど、さまざまな行動をとるが、どんなに怒っていても、物を壊したり人に危害を加えたりはしない。

過去の、措置入院（自殺や他者への危害の恐れがあり、2名以上の精神保健指定医が要入院の診断をした場合、強制的に入院させることができる入院形態）になった経験からの、彼女なりの線引きのようだ。


毎月、次回保護費支給日の10日ほど前から始まるが、その間をどうやってしのいでいるのか？

それは今も謎である。

生活実態に謎はあれど、訪問すればたいていは在宅しており部屋にも招かれ、見える範囲では、単身の傷病者でしかなく、それ以上の深いところを、ケースワーカーが把握はできない。


「……あの人が来ると、時間も取られますし、精神的にもキツかったり」

「受給者には、いろんな人がいるわな。各ワーカー、それなりに悩まされる人はいる」

「何か、対策って？」

「……ぶっちゃけ、無い。体調、性格、背景……みんな違うし」

「そうですよねえ……」

「あるとするなら……寄ってあげる、かなあ」

「寄る？」

「うん。彼女、人によって微妙に態度が違うんだよね。だから、杓子定規ってよりも、傾聴とか共感の方が場は穏やかかも……高原は、だいたいできてるよ。前担当の藤吉は、帰れオーラ出してた……若いからなあ……」

「……寄る、かあ」


そんな彼女の月末の〝お約束〟に、高原は4ヶ月ほど振り回され、ある日彼女はいなくなった。居住するアパートの管理会社から、家賃の滞納があり請求のために訪問したが、何度行っても出てこないので、どうしたものかと電話が入った。

数日後、管理会社が警察官立ち会いで中を確認するのに、高原も呼ばれた。警察が立ち会うのは、万が一のことに備えてである。

結果としては、中で倒れていたりはなく、誰も住んでいない状態であった。家賃の滞納もあり、家主としては、契約解除のうえ他の人に貸すとのことに。生活保護は、そこに居住していないという実態に則して失踪廃止となった。

数週間後、東海地方の福祉事務所から山岸さんに関しての問い合わせがあり。さらに数ヶ月後、甲信越や都内の福祉事務所からも同様の問い合わせがあった。

問い合わせに対しては説明をしたり、必要ならケース記録の送付をすることもある。

「最初この課に来たとき、仕事を覚える前にいきなりだったからまいったよ。でも最初に〝デカい〟のを喰らったから、他のトラブル……公私ともにだけど、何とも感じなくなった。耐性の獲得というか感覚がマヒしたみたいで……良かったのかなあ」

高原は、余暇を趣味に興じるなど、オンとオフの切り替えができるタイプで、小さいことは気にしない性格も幸いした。

最初はインパクトが強過ぎたようだが、回数を重ねて少しずつ慣れて、大きな負荷には感じなくなったようだ。

「ただ、お陰で休日の競馬で出費が増えて、危うくギャンブル依存症になるところでしたよ！　でも、ＳＶや皆さんのフォローにも救われて、依存症は回避できました」

「まっ、良かったんじゃない」

「見里さんが、山岸さんに割とお堅い言い方だったのは、もしかして……」

「何も意図してねえよ……俺の性格だよ」

「そうですかあ？　まあでも、助かりました」

ep.04・見里ＳＶ、謎です……

「行ってもいない人がいます……」と言ってきたのは、新卒から4年目になる南野CW。
2、3年に一度行う地区替えで担当になった、ある受給者のことだが。
「単身傷病者で保護歴は2年ほど。毎月5日に窓口に保護費を取りに来て、その都度同じ病院の医療券を持って帰ります。前任との引き継ぎ訪問時は不在で、その後数回訪問しても不在で携帯にかけても出ないし、不在票を残しても電話はない……というか、ポストがパンパンで不在票が入りません。一度、同行訪問してください」

福祉事務所から比較的近いアパートの1階。南野の言う通り、郵便受けはパンパンで、もう何も入らない。はみ出している封筒に、物件管理をしている不動産屋からのものがあった。

丸いドアノブには埃が、見てそれと分かるほど溜まっていた。

「建物の裏も見るか」

北側の玄関から南側、居間の掃出し窓に回った。窓下にサンダルが乱雑に置いてあり、カーテンが半分ほど開いていた。中は衣類や雑誌が散乱しており、その中に乳児のおもちゃもあった。

本人：山岡アキさんは、元々の市民ではなく住所不定だったものが、市内某所で倒れて救急搬送されたところから保護が始まった。このような場合、倒れていたところか病院所在地の福祉事務所が実施責任を負うが、どちらもうちの市内だった。

主疾患は内科的なものであったが、妊娠が確認され、本人の意向で入院中に女児を出産した。子の父親については、複数の男性といずれも行きずりの関係だったため、本人にも分からないとのこと。

退院時に、母娘で住むためにこのアパートを確保して、長女と2人での生活が始まった。ところが、見知らぬ土地でのワンオペ育児で、精神的にまいったと児童相談所に相談があり、結果、子供は施設に預けられることとなった。

室内は、その頃から時間が止まっているように見えた。

「これって、住んでる感じしないよね。けっこう長い間の気がするよ」


玄関側に戻ると隣室のドアが半開きになり、中から男性が……

「その部屋には誰もいないよ、もう何ヶ月も」

「あっ、そうなの。あっ、お騒がせしてます」

「……」閉扉される。


毎月来所して保護費を受領しているから無事ではあろうが、生活保護というのは、住んでいるからそこの福祉事務所が保護するわけで、ここまで不在を徹底されると要件を欠く恐れがある。

「全く、前任者は何やってんだか」

「前任……かあ、その点は今さら言っても仕方ない。これからどうするかだ」

「そおっすね。本人には、今度保護費を取りに来たら説教ですかね」

「説教はともかく、事情は聴かないと。別のところに住んでて、うちから保護費をもらってれば問題だけど、何か事情があるのかも知れん。最悪の事態も……」

「最悪って？」

「自分の意思なのかどうか、例えば誰かに脅迫、監禁されて保護費を取られているとかね」

「まさかあ……」

「そうそうないよ。でも、頭から叱るようにはしないで、まずは本人の話を聴くように」


事務所に戻り南野が台帳を見ると、県内他市に扶養義務者の姉がいることが分かり、何か知らないかと電話を入れた。

姉世帯は、夫婦と3人の子供の5人家族で、本人宅と長女を預けている施設の中間辺りで暮らしている。そのため施設の行き帰りに寄り、宿泊することもあった。子供を預けた当初よりも頻度は減り、来る時は、いつも同じような服装なのも気になっていたとのこと。

アパートの状況を説明したところ、本人が寄るので行ったことはない、姉として監督不行き届きな点は申し訳ないとのこと。

本人と連絡が取れても、あまり叱咤するようなことがないように、支給日前でもいいから福祉事務所に出向くように伝えてほしいと頼んだ。

また、住宅契約が再来月で切れることも台帳で確認。郵便受けにあった不動産屋からの書簡は、更新手続きにかかるものだったのであろうと符合した。

次の支給日、彼女はやって来た。

保護費を受け取り、いつもの病院の医療券を求めてきた……先々月を最後に受診していないことは南野が確認済みだが、医療券の発行を少し離れたソファで待つように促した。

「とりあえずは話を聴くように。何かあれば同席するから」


南野は、若いが人当たりは柔らかく、相手の話をじっくり聴くこともできる。

本人の話を要約すると。

行きずりで、氏素性も知らぬ男性の子を身ごもったが、姉夫婦を見ていて羨ましく感じ、今後、きちんと結婚して子供を授かることもないと思って産んでみたものの、知り合いもいない見知らぬ土地で一人で育児をすることに疲れ、結果、子供を施設に預けることになった。

しかし、一人になって淋しさを感じるようになり、再び出会い系サイトで不特定の男性と交渉を持つようになってしまった。そのうち、自分の部屋にいると子供を思い出して辛くなるようになり、部屋に戻らなくなった。

日中は、繁華街や公園のベンチで過ごし、夜は男性と出会えれば、その者の部屋か男性負担で宿に泊まり、出会えない時は漫画喫茶などを利用していた。お金がなくなると、姉宅に行くこともあった。体調については、前回受診時にもらった薬を少しずつ飲んでいたので、何とか維持しているとのこと。

アパートの家賃は、福祉事務所から家主に代理納付しているため滞納にはならなかった。

とりあえずは、悪いヤカラによる拘束などはないようだ。

本来の居所にいない状態で、数ヶ月保護費を受け取っていたわけだが、別に居所を失ったわけではなく、〝家〟はありつつ気ままに出歩いている、とも解釈できる。保護の要件や当市の実施責任を欠くとも言い切れない。もっとも、その間〝放ったらかし〟だったと言われると、福祉事務所としてもバツは悪い。

とりあえず、前任者のことは棚に上げ、南野は本人をたしなめつつ、今後どうするつもりなのかを問うた。

本人にも罪悪感はあったようで、いつ指摘されるかとか、保護を切られるのではなどの不安もあった。実は事前に姉から電話で大分怒られ、今日は来たくなかったが、ちゃんと謝るようにも言われた。なので今後のことは、姉とも相談したいとのこと。

翌日、姉に連れられ再び来所した。

姉妹で話し合い、今のアパートに戻っても、また同じことを繰り返すかもしれず、ここで住宅契約も切れるので、願わくば、姉の目が届く近所に住まわせてきちんとした生活をさせ、いずれは施設にいる子供も引き取らせたいとのこと。

たしかに、本人の性格というか性癖として、同じことを繰り返す恐れは十分に考えられ、立ち直らせる方法として、姉との居住の接近は有効であろう。

しかし、被保護者の転居、その際の費用の支給などに関しては、いくつかクリアせねばならぬ要件がある。

その一つが、原則は福祉事務所の管内、つまりは市内での転居ということで、姉の近所となると当然市外となる。転居後も保護を要する場合、移管（転居等で保護を実施する福祉事務所が移ること）になるので、転居理由に先方も認める妥当性が必要となる。

本来、国民には居住の自由があって、日本国内のどこに住んでもかまわないはずだが、生活保護受給者の転居に際しては、同一管内で物件を探すように言っている。

被保護者が他の市区町村に転居すると、元の福祉事務所での生活保護は廃止になり、転居先であらためて申請することになる。受ける側の福祉事務所にとっては新規申請ということで、それにかかる調査等を要する。

新規申請というものは、福祉事務所、ケースワーカーにとって大きな負担となるので、福祉事務所どうしで負担の押し付け合いをせずに労力を抑えることが目的、いわば福祉事務所間の紳士協定なのだろう。

もちろん、やむを得ない事情があれば、先方と調整しながらの管外への転居もある。

今後は、所内での検討会議や先方との調整をしながら転居を進めるようになるだろう。

週明け、姉から電話が入った。

なんと、山岡アキさんが死亡した。

転居するにしても、さし当たってはアパートの片付けをしなくてはと姉妹で掃除をして、とりあえずは寝られる程度になり、姉と一緒に就寝してほどなくして激しい腹痛を訴えたので、救急車を呼んで市内の病院に搬送された。急性胆嚢炎と診断され緊急オペとなり、手術自体は成功したものの、その後不整脈を発症して死に至ったもの。

長年の不摂生から、身体も体力も手術に耐えられなかったそうである。

電話口の姉は相当狼狽して、涙声で要領を得ないところもあり、何とか搬送先を聞き出して、詳細は病院に確認した。


回ってきた廃止決裁の台帳、あらためて生活歴を見るに、〝高校中退〟……この辺りから人生の歯車が狂い始めたのか？　他の受給者の生活歴にも時々出てくる言葉である。

学校・学業が全ての人にとって、必ずしも最優先事項ではないが、生きる力の基礎である場合も多い。心身を削ってとまでは言わないが、安易に選択せず、時に自分を大事に踏み止まることも必要ではないだろうか。


数日後、本人のお骨を抱えて、夫とともに姉が来所した。

自分がもっと早く気づいていればと、自責の念に苛まれている。

成人して別世帯となった妹の、細かいところまでは把握などできないのが普通であろうし、事態を好転させるべく、この数日でとった行動でも十分だったとは話した。

残された遺児、姉からは姪に当たるが、いずれは引き取ることも夫婦で考えているとのこと。

ep. 05 • 見里SV、一杯行きます？

「見里さん、一杯行きますか？」

誘って来たのは、ベテランの長友ＣＷ。

依存症……？　いや酒豪である。

課としても、歓送迎会や忘年会といった酒宴があるが、彼は開始前、既に入口で缶ビール片手にほろ酔い状態で本編に突入する。

今のところ、仕事や社会生活に支障はないが、医者からは止められている。


「おっ、竜太も来るか？」

声をかけたのは２年目の内田竜太ＣＷ。２係にもう一人、内田希子ＣＷがいるので、名前で呼び分けている。

「あっ、行きます行きます。相談もあったんで」

「おいおい、仕事の話はすんじゃねーぞ」


長友行きつけの焼き鳥屋に入る。

「とりあえずビール、でいいですか？」

「あっ、俺は日本酒で……」

「見里さんって、割と先に日本酒って感じですよねえ。ビールは嫌いなんすか？」

「嫌いじゃないよ。すぐに酔っちゃうから、だったら味が分かるうちにね……」

「へえー……日本酒に好きな銘柄とか、あるんですか？」

「ん、特にないよ。違いの分からん男だし」

「ここはさあ、焼き鳥は価格均一だから注文しやすいんだよね」

「うわぁー、メニューも豊富っすね。腹減ってるんで、たくさん食べたいっす」

「長友さん、いいんですか？　医者に止められてるって……」

「内科医にはね。でも、我慢するとメンタルに良くない」

「そこなんだよねぇ……」

「とりあえず、もも、皮、レバー、つくね……辺りでいいですか？」

「あっ、ん、任せるわ……あっ、やっこがあったら頼むわ」

「酒はさあ……我慢するとねえ……」

周りは、我慢し過ぎてストレスを溜められるのも困るし。

「まあ、バランスを考えて適度にお願いします」

「あっ、カモネギってありますよ！　何だろう？」

「どーせ、ねぎまじゃろ。俺はネギは苦手だから頼まんでね」

「えっ、ネギだめなんですか？　美味いのに……」

「美味いかどうかは主観、俺は苦手なの。きざんで薬味とかチャーハンなんかは平気だけど、そう、ねぎまくらいの長さから、膜のヌルっとした感じ……」

「そこがうま味っすよ！」

「喰いたきゃ頼んでいいよ、俺は喰わんで」

「長友さんも、見里さんも、うちの課は二度目なんですよね」

「俺は、新卒から10年いて、その後間が20年で戻された。長友さんは二部署目でしたよね」

「最初が水道で、次がここ。バブル崩壊からリーマンショックの頃でさあ、怒涛の新規申請に職員数が追っつかなくて大変だったよ」

「地獄の150件持ち時代、ってヤツですよね」

「俺はそのバブル期、昭和63年に入って、好景気で受給世帯もどんどん減ってったよ。そしたら、ワーカーも減らされて担当世帯数は増えるって現象が起きて。一生懸命自立させると自分の首を絞めるようで、やる気が失せたよ。そしてバブル崩壊とともに出て行った」

「去年の内示で、見里さんが戻るとなって、何をさせるかSV会議で議論になったんですよ」

「えっ？　そうなの……」

「ええ、SV経験者で社会福祉士まで持ってて、ワーカーにすべきかSVにすべきかと……」

「へぇー、知らんかった。長沼課長から電話もらった時は、最初はワーカーって言われたし」

「課長直々に電話ってのも、そうないですよねえ……」

「まっ、知らん仲でもないしね」

「課長と見里さんって、仲イイいっすよね。年休簿出す時の寸劇、俺好きなんですよ」

「管理職はさあ、普段部下と絡めないから退屈だと思うんだよ。だから、たまに年休出す時くらいボケてあげなよ」

「いやあ、なかなかできませんって……前回ＳＶだったって、おいくつだったんですか？」

「ん、31才、主任だったよ……ちなみに、県の最年少記録だった」

「えーっ！　31でＳＶってエグくねえっすか⁉」

「当時の係長がさあ、やれって言うんだもん……断ったよ、最初は」

「31じゃあ、年上のワーカーだって……」

「いたよ。８人中４人が年上、４人が年下……一番は10才上だった」

「10才！　やりづらくないっすか？　それって」

「最初はな……それで、齢《とし》に関係なくもの申す人間になった」

「いやぁ、想像つかないっす、俺には無理っすね」

「長友さんはもちろんだし、長谷部や高原がやってもおかしくない前列を作ったよ」

「ハセさんも……嫌がりますよ」

「俺も最初はさあ、テンパったというか、何をしていいかも分からず、福祉の勉強しなきゃ？なんて思って、社会福祉士の資格を取ることに……通信教育を受けたりして」

「えっ、最初から持ってたわけじゃないんですかぁ！　大学で資格取ったと思ってましたよ」

「んにゃ……音大出だし」

「えっ！　音大なんですか⁉」

「いや……法科」

「へっ？　なんすか、そのナゾの学歴詐称は？　……すぐにバラすし」

「ちょっと、ドキッと刺激になって、酒のあてにもなったろ……」

「俺、役所に入る直前に、生活保護のテレビドラマを視てて、すげぇ世界だなんて思ってたら、まさか自分が⁉でしたよ」

「あー、あの頃ね……」

「初登庁の朝っすよ、お袋から、『生活保護は絶対にないわよねえ？』なんて言われて、帰宅して驚かれました」


カモネギ到着……4、5㎝のネギだけが4本串に刺されていた。

「……竜太……カモ要素なくね？」

「あれ？　ネギだけ……ですね」

「俺たちがカモられただけじゃん」

「長友さん……ウマ過ぎますて」

「まあ、カモられたんはとりあえず。あの時のドラマ、竜太と同じような人、異動者も含めて、全国にたくさんいたろうなあ」

「私は、初回の途中で視るの止めました。ワーカーがそこまでするの？って場面があって」

「俺はテレビは視てなくて、昔、原作を少し読んだら……おおぉ、ちゃんと取り扱いできてんじゃん！って感心した。でも、実写化するとまたなあ……」

「まあ、刑事ドラマでも医療ものでも、本職が視たら〝あれ？〟ってなるらしいじゃないですか」

「そう、あくまで俺らの経験での印象であって、他所《よそ》の事務所だとリアルなデキかもだし」

「やっぱり、事務所ごとにいろいろ違うんすかねえ？」

「けっこうな……一番違うのは、記録じゃねえか。竜太も他市からの移管で見たろ」

「はいはい……たしかに、生活歴も訪問記録もあっさりめ。3行の訪問記録もあったし」

「うちが細か過ぎなんだよ……昔は字数稼ごうって、どうでもいいことを書くヤツもいたし。D格付けで年2回訪問だと、8月の次は2月だろ。夏版と冬版？『訪問すると扇風機の前で麦茶を飲んでいた』『炬燵でみかんを食べていた』って、小学生の作文かよ」

「なんか、牧歌的？」

「前にSVになって、すぐに〝炬燵みかん禁止令〟を出したよ」


「んで竜太、相談って？　どーせ仕事の話じゃろ」

「……すいません、例の100万円のことなんですけど……（小声で）山河さんに説明したんですけど、坪井さんから『処理は済んだから使っていい』って言われたから、もうないと言われて」


坪井CWは、未処理の仕事を溜め込み、メンタルを病んで休職中のケースワーカーで、彼の担当世帯93件を残った7人で手分けして仮担当している。

その中に、離婚後体調を崩して働けなくなり、単身者として生活保護を申請したが、申請時に子供の学資保険を保有していた人がいた。申請日時点で解約していれば約100万円戻ってくる、しかし当座の生活ができないので、先に保護を適用して、返戻金受領後に返還してもらうということにしたものだ。

保護開始後半年ほど経って入金があり、本来なら、生活保護法63条を適用して、医療費なども含め全額返還なのだが、坪井から返還は不要と言われたと主張している。

「受領した際の通知とか、出してほしいって言っても、もうないって出してくれないし」

この件は、もう去年度途中のことで、前任ＳＶの水沼さんからは、個別案件として引き継ぎはされず、ワーカー管理台帳への記載も漏れていた。

そして坪井が病休に入り、皆で残務の書類やデータを探したり、台帳の点検をして発覚した。

「坪井が処理した新規で、最初の調査段階で開始時の資力って分かっていて、返還の予告も通知してたからさあ、粛々と事務処理するんでいいよ」

「それは分かっているんですけど、資料とかはどうします？」

「本人がないってなら、保険会社に照会かけるしかないよねえ」

「坪井が言った言わない、なんて水掛け論になる。２人の会話を誰かが聞いていたわけでもないから、坪井の説明に不備という可能性もないわけじゃない。再度、丁寧に説明して処理して、不服なら中立とかしてもらうしかないよ。対応で苦慮するなら、同行訪問する……長友さんが」

「えっ、私？　まあ、いいですけど」

「分かりました。でも、坪井さんの病休はまいりましたよ」

「まあな……誰でも、向き不向きや得手不得手ってもんがある。病んだ職員は責められないけど、残されてその残務を負うのも大変だよな。これで全員１００件近く抱えることになったし」

「この件数増は、重いっす……希子ちゃんなんか新人で、かなり負荷かかってますよ」

「できりゃあ、新人の負荷は避けたかったけどな……その分、竜太に乗せていいのか？」

「あっ、いや、それは勘弁してください」

「他の係でも時々、メンタルで休職するワーカーが出る、在職年数に関係なくな。他部署でエース級のやり手が、うちに来て病むこともあるし」

「他所でやり手って、マジですか……」

「レアだけど、うちの業務が平気で、他所で病んだ人もいる」

「あっ、それ私もですよ。直前にいた年金でシステムの入れ換えがあって、月の残業が２００時間超えたり、もうまいりましたよ」

「役所のシステム入れ換えあるあるだな」

「ここも忙しいけど質が違うんだよね。やっぱり向き不向きだと思いますね」

「何だかんだで、うちは支援の仕事だからなあ、許認可や徴収とは大分違うよね」

「その辺の、向き不向きですかねえ」

「真面目だったり几帳面だったりで、全部を完璧にしようと思うと、うちの仕事はけっこうキツイよ。それこそ、担当が30から40世帯とかならできるよ。したら職員が倍以上必要だし。それができないなら、現行勢力でやるしかない。ワーカーは緊急性や重要性を判断して、多少のことは目をつぶるくらいでいい」

「その辺のさじ加減、少しずつ分かっては来ましたよ」

「竜太は、いい意味で大雑把で無神経なのがいい」

「それって、褒めてます？」

「褒めてる、褒めてる」

「褒めてる、褒めてる」


「ちゃんと、受給者の話を聴いたり、相談に乗ったり、寄り添った対応もできているよ。マジで有望株だよ」

「見里さんのご指導のたまものですよ」

「臨機応変だし、お世辞も使えるしな。いつか戻ってきて、良いＳＶになれ」

「それは勘弁してください……戻るって、ＳＶって……無理ですよぉ」

「大丈夫だよ、竜太なら」

「極めて不謹慎だけど、ここほどスリリングで刺激的な部署、他にないぜ。戻ってみて、毎日面白いと思うし、他所にいた頃は、結局退屈だったんだよなあ……最初が生活保護だったってのがマズかった？」

「たしかに……戻る内示をもらった時は、マジ、またかよーって思いましたが、実際に戻ったら、面白いです……不謹慎ですね、私も」

「時々、それを聞きますけど……それでもお二人のように、ここの仕事が面白いっては思えないんですよね」

「俺だって、最初は制度も受給者も大嫌いだったよ。新人の時から毎年、異動希望を書いたし。なんか、受給者の一部がなまけ者に見えて、そこで頑張らんでいつ頑張る？とかね」

「俺もそう思うこと、時々ありますよ」

「でも、しばらくしてさあ、そんなこと言う自分がよ、ナニ様なの？って思うようにもなった」

「完璧な人なんていませんしね」

「ちゃんとしてくれない人にさ、毎日腹立ててる自分、そんじゃ自分はどんだけちゃんとしてんの？とか、その人たちと自分、さほどの違いもないんじゃね？とかね」

熱弁でグラスが空き、それぞれが追加を頼む。


「俺たちは、勤労は義務で勤勉は美徳、働かざる者喰うべからずという論理で育てられてきたし、多くの人は大人になってもそういう論法で生きてるんだよ」

「それが普通って、自分も思ってましたよ」

「だから、何か理由があって困窮しても、それは本人のせいじゃねえの？って風潮がある」

「まあ、通俗道徳ってヤツかね」

「言ってくれると思いましたよ、さすがは日文歴史学科、古典芸能専攻！」

「ハハハ、伝統芸能だけどね」

「通俗……道徳ぅ？」

「簡単に言うと、世の中に不満たれる前に、お前は努力したんかい？　……と、江戸時代後期頃でしたよね？」

「そう、幕府にモンク言う前に、お前がしっかりやれって……なんか、最近もそんな風潮で、政府に不満言うなみたいな」

「もはや、個人の努力でどうにかなる問題じゃなくなったよ」

「給料は上がらないのに、物価ばかり上がってますからねえ……」

「人がさあ、日々を暮らすに必要な糧を得る、要は働いて給料をもらうってのは、そりゃまあ当然じゃろ。でも、ここまで雇用も収入も不安定じゃあ、そりゃ政治が悪いってことじゃねえか？」

「今の世の中、雇用の不安定さもすさまじいですしね」

「かつては‰（パーミル）、千分率で出していた保護率が、今は％で出してるんだぜ！　うちの市なら、1、000人中2、3人程度だったのが、100人中1人から2人に増えている」

「何が原因なんでしょう？」

「んなもん、政治が悪いに決まっとろうが！　バブル崩壊？　リーマンショック？　そんなものはきっかけに過ぎない。本当の原因は、派遣法とかで雇用を不安定にしたからだよ」

「たしかに、まあ……」

「少子化対策？　手当だ育休だ？　バッカじゃねーの。雇用を安定させて収入を保障すれば、ほっといても結婚も出産も増えるよ。みんな、金が無いから、身分が不安定だからしたくてもできないんだよ！　そんな簡単なこと、何で政治家はやらんの？　解決する気がサラサラなかけんさ！　税金でたっかい給料もらっとんのに、ホンマ、腹立つわぁ！」

「あっ、口調が西日本っぽくなってきた」

「長友さんすんません、見里さんのスイッチ、入れちゃったみたいです」

ep. 06 ・見里ＳＶ、犬が……

「見里SV、今警察から電話があって……」いささか不安気に、内田希子CWが話してきた。

「山澤さんという、単身高齢の方が亡くなったということで……」

今年度、うちに配属になった3人の新卒職員の1人、社会福祉士の資格を持つ。

内田竜太と分けるため、希子もしくは内田希子と呼ぶことが多い。

「免許証とかの身元が分かる物がなくて、部屋に保護の決定通知書があってうちに電話があったのですが……本人確認をしてもらえないかと……」

「まあ、イヤとも言えないしな。で、見れば顔は分かるの？」

「……あっ、はい、訪問の他に窓口でも何回か会ってましたし」

「そう、んじゃ大丈夫だね」

「あのお、顔は分かるんですけど……こういうの初めてなんで、何と言いましょうか、私一人で、ちょっと……」

「ああ、悪りぃ悪りぃ……ええと、前任の竜太は？　あれ、出ちゃってるか。長谷部も……いねえなあ。んじゃ、俺行こうか、顔は知らんけど」

「は、はい、お願いします」

大学出たて、うちの娘とさほど変わらん……独居死現場の本人確認……仕事とはいえ。

「長友さん、悪い、ちょっと出てくるわ……」

「あれ、私が行ってもかまわんですが……」

「あっ、いいよいいよ、たまには現場出ないとさあ」


山澤輝子さんは、単身の68才。白内障や高血圧などで定期的に通院し服薬も守られ、特に問題がない高齢者世帯として、半年に一度の訪問頻度で次回は12月を予定していた。

7月5日の支給日には来所、6日には実家の弟宛にお酒を発送した控えが残っていた。今日16日に発見されたのは、近所から犬の鳴き声がうるさい、という苦情からだった。


「4月に担当になって早々、山澤さんから相談があって……犬を、飼ってもいいかって」

「ふーん、犬、ねえ……」

「私も、まだ何も分からない頃で長谷部さんと……」


「ダメですかねえ……やっぱり」

「いやいや、ダメとは言ってないですから。もろもろの出費、大丈夫ですか？　飼うために切りつめて、あなた自身の暮らしに支障があっては……」

「……はい、決して余裕があるからってことじゃないですけど、小さい仔なんで、いろいろ節約すれば何とか」


「みたいなやり取りがあって、無理はしないようにって言いましたが」

「飼うこと自体に制限はないけどね、一人で暮らすって前提で最低生活費は算定されてて、ペットにかかる費用は含まれていないよね」

「はい、長谷部さんもそんな説明をしてくれました」

「俺は飼ったことはないけど、餌代やおしっこシートのような消耗品、予防接種とかあるしな」

「一番の心配は、病院代ですかねえ。健康保険もないし」

「それそれ、義実家に猫が何匹かいてさあ、病院代がすごいって時々聞くわ」

「医療券、出せませんしねえ……」

「出せねえだろぉ……昔、玄関につながれた犬に、革靴を喰われたことが……」

「えっ、食べるんですか？」

「あ、いや喰うっても、飲み込むわけじゃない……ガシガシ噛まれてボロボロになってた」

「えっ、帰れたんですか？」

「辛うじてつま先が残ってて……庁用の原付を何とか運転して、一度帰って履き換えた」

「……弁償とかは？」

「そりゃ、飼い主の責任だろうけど、受給者に弁償なんて言いづらいよ。古い安物だったし」

「やっぱり、そうですよね」

「他にも、事業に失敗して申請した人の家に、債権者の取立てを防ぐためか、けっこう大きな〝番犬〟がいた……じゃあ、車はここに駐めさせてもらって……行くか」

２人で乗ってきた車を、現場から少し離れた公民館に駐めて徒歩で向かった。

本人の住居、平屋の賃貸物件の手前30ｍほどのところで、覚えのある臭いを感じた。まだ、死亡推定の日時は聞いていないが、この季節は〝傷《いた》み〟も早いのだろう。この臭いだけでも、新人にはキツいと思う。

玄関先に立っている警察官に立入調査票を見せて、電話をかけてきた播戸刑事の名を告げると、そのまま中に招かれた。

敷地の端で、小さな犬に水を飲ませている女性署員がいた。

（さっき希子が言っていた犬か？　ん、黒地に四肢の先は白いが、なんか違和感がある）

玄関で、播戸刑事が経緯を話してくれた。

「山澤さん、検視はこれからですけど、急性心不全と思われる、が現時点の医師の所見です」

「心不全……持病には高血圧があったらしいけど……」

「まだ梅雨は明けてませんが、ここ数日の猛暑とか、体調を崩す要因はあるのかと」

「死亡推定……ってのは？」

「1週間くらいだとか」

「やっぱり、この時期は遺体も傷みやすいんですかね？」

「臭いますよねえ……まあ、気温もなんですけど、今回はちょっと別の要因も」

「えっ？　別の要因？」

「ええ、別の。山澤さん、室内犬を飼ってて……何と言いましょうか、損壊していまして」

「損壊……か」

「ええ、中で倒れて施錠はしてて、密室に本人と犬だけ」

「さっき、外で見た……足先が少し赤いかと思ったんですけど……」

「……空腹に耐えかねて、飼い主をって、そんなに珍しいことじゃないんですよ、実は」

「そういうの、何かで読んだことがあります……たしか、口元辺りとかから……」

「まあ、柔らかいですし……それで気温が高いのもあって……」

「希子、ちょっと待ってな」

「えっ、あ、はい」

イヤな予感がしたので、とりあえず私だけで播戸刑事の後に続いた。

「こちらです」

「……」

「どうですか？」

「……どうですかって、いや、これは、身内が見ても分からんレベルじゃないですか?!　ちょっと、担当の内田には見せられませんよ」

「うーん、そうですか……やっぱり……」

「免許証とかがないってのも聞きましたが、あっても意味ないのでは？　ちょっと待っててくださ い」

玄関の希子の所に戻り……死臭のする場に、しっかり立っているだけで、十分大したもんだ。

「うーん、お前さんは見なさんな。２係に電話して歯科受診があれば、どこの歯科か聞いて」

「はい」

「ありました。弁財歯科です」

「歯や顎までは損壊してないですよね？　歯科医院にレントゲンでもあれば、確認できませんか？　受診先、確認したんで」

「助かります。それも後で伺おうかと思ってました。指紋、指先も何本かやられてて、鑑識でも照合はしているところですが」

遺体は一度警察に運ばれ、身元の確認後に引き渡されるとのことで、2人で現場を離れた。

本人と確定できないと、警察は不詳の死亡者として取り扱い、福祉事務所も死亡を廃止理由にできず、失踪など別の理由を付すことになる。

すると、葬祭扶助もできなくなるが、現にそこに遺体がある以上、〝市役所〟という立場では何かしらの手立てを講ずる必要があり、他の法律、墓地埋葬法などにより火葬等を執り行う。墓地埋葬法とは、埋葬等が公衆衛生・公共の福祉の見地から支障なく行われることを目的に定められた法律である。

「山澤さん、先月の訪問時には、犬のしつけのこととか話してて、トイレトレーニングをちゃんとすれば、そこでするようになるとか。私もペットを飼ったことがないので新鮮でした」

「ペットね、本人の元気の素になってたんだよな」

「多少の出費になっても、存在が生活のハリになっているようで、良かったって思ってたのに」

「ん？　少し落ち込んでる？」

「担当してて亡くなられるの、初めてで……」

「この仕事してると、時々はなあ……」

「なんか、先輩たちを見てると、皆さん、強いなぁって……」

「強い？　慣れちゃったのか、鈍感なのか……」

「長友さんなんか、落胆してるのが伝わりましたけど」

「まあ、ワーカーにもよるし。相手との関係性？　人対人の仕事だから」

「関係性……ですか」

「悼む気持ちはほしいけど思うところ、感じることは相手によって変わるのも人間。ただ、突きつめれば、仕事のエネルギーは生きている人のため、が優先だよ」

「あっ、そうですね、たしかに。でも、今回は少しまいりました。来ていただいて助かりました」

「まあ……大昔にも同じようなことがあってさ、状況に関係なく呼ばれて見せられたけど、今回は希子が見ても確認なんざできねえよ」

「いいんですか？　見なくても？」

「いいよいいいよ、ん、見たい？」

「いえいえ、キツいですから」

「警察もさあ、電話で歯科の問い合わせするだけで良かったよ。播戸さん、慣れてねえのか？」

「ホントに、何が起こるか、先が全く見えません……疲れます」
「今はしんどいだろうが……そのうち慣れる……んじゃねえか」

ep.07・見里SV、高校には……

「見里SV、山嶋さんの娘さんが会いたいそうです」

カウンターで対応していた長谷部CWが、やや申し訳なさそうに話してきた。

「年度替わりにいただきましたが、私じゃなくて見里さんに話したいと……」

世帯主、山嶋ルリ子と長女の明末《あけみ》の母子世帯で、DV避難のために新潟から移管された。DVは福岡では夫から、避難した新潟では交際相手からと短期間で二度に渡り、その度高校を転校させられ、子供としては甚だ迷惑な事態である。

昨年度末、私が最後に手掛けた新規申請の世帯で、SV昇格に伴い長谷部に引き継いだ。

「折り入って相談があるそうで、前に話をしたことがある見里さんの方が話しやすいとか……」

「母親の方なら、長谷部にしてくれって言うかもだけど、娘の方じゃ……わざわざ一人で来るなんて、よっぽど思いつめているかもだし、気持ちは無下にもできんしな……分かった、聴くよ」

少し離れたソファーで
「久しぶりだねえ、元気にしていたかい？」

「……前に、見里さんの親、毒親だって言ってたよねえ……」

「えっ？　あ、ああ、最初にお邪魔した時のこと？」

「うん、『俺の親もけっこうロクでもなかったけど……』って」

「はいはい、たしかに言いました。よく覚えてたねえ」

「……少し、聴かせてもらってもいい？」

「えっ、別にかまわんが、何でまた？」


親とか家庭環境とか、皆同じじゃないし、恵まれていようがいまいが、最後は自分がどう生きるか……みたいなことを偉そうに言ったからだろう。


「家も、お母さんも……イヤなんだよね。最近、学校も友達も……」

「ま、転校は100パー親の都合だからなあ。学校、面白くないの？」

「博多とは、やっぱり少し違う……勉強も、予習とかして行くと、周りはあまりしてないし……少し浮く感じ？」

当初、福岡でも上位の県立高校に在学していた。県またぎでの転校は双方の県教委のはからいでできたものの、偏差値的に下がってしまい、二度目でさらに下がる。周囲との意識の差などでモチベーションの低下になったのか？

「そげん？」

「！　えっ？」

「親の都合、俺は埼玉から長崎にね。だから九州弁はカタコトだよ……その後も奈良とか兵庫とか数回引っ越して、言語体系がおかしくなったたし」

「東京弁、少し肩が凝る。家でお母さんとは博多弁だけど、最近、話すの減ってるし……」

「まあ、地方出身あるあるある。だいたいは大学とか就職で出てきた時ぜよ」

「（ぜよって？）博多の友達、ル・インじゃ博多弁だけど、文字じゃん、やっぱり口にしたいし」

「じゃん……普通に東京弁じゃん」

「……そいで、見里さんはどげんしたと？」

「親都合って、父方の家の事情……まあ、家族で長崎に帰ったと。ばってん、いろいろあって親は離婚。母親と暮らっしょって、したら男作って失踪……」

「えぇぇー?!」

「こいで十分、毒やろ？　突然一人になって、家事全般も自分でしよった」

「食事も？」

「もちろん……炊事、洗濯、掃除……部活ばして疲れてて、勉強までできんよ、なかなか」

「高校って、どこやったと？」

「ん、佐世保東斗《とうと》……知ってる？」

「えええ！　サセトウ！　進学校じゃなかとね！　中学の友達が引っ越して行ってた……見里さん、優秀やったとね」

「んにゃ、博海《はっかい》にゃかなわんて。上位は優秀やけど……オイは底辺うろうろしちょったし」

「仕方なかとって、家に親もおらんし……」

「さらに、行き先を聞きにヤクザが来よって……」

「ほんなこと?!　見里さん、大変やったんねえ……なしてグレんの？」

「オイの奥さんと同じかこと言うっちゃね。グレたらその先、さえない人生しかイメージできんて」

「さえない？」

「そう。グレるよか、家も街も早よう出とうて……軍資金貯めるのにバイトも、学校に内緒で」

「……今の私も、正直そう」

「高校、辞めたかと？」

「……もう、普通に話していいよ。辞めたいっていうか、合わない……中退はしたくなかけど」

「そうか……でも、少し待ちなよ。ここに来るまでに相当悩んだろうけど、今は夏休みだし、俺らにも少し考えさせて、長谷部にも」

「簡単に辞めたら、その先、さえない人生……って、私だって分かるし、できればね、さえた人生にしたいし」

「その気持ちは大事、親は親だ。自分を大事にしなよ」


私の〝カタコト九州弁〟は面白かったと言い残し、彼女は帰っていった。


「ありがとうございます。彼女、何でした？」

長谷部に経緯を説明、〝カタコト九州弁〟は除いて。

「……そうですかぁ。どうしたもんですかねえ。実は後で相談しようと思ってたんですけど、先日家庭訪問の時に、娘が不登校かもしれないって、母親からも聞いてたんですよ」

「高校は義務教育じゃねえから、行きたくねえなら無理に行けってことじゃない。ただ……」

「ええ、長い目でというか、高校は出た方が自立には効果的ですよね」

「まあ、月並みだけどね……」

「生活歴にあった福岡の高校、ググったら偏差値めっちゃ高いんですよ。元々学力は高いのに、今のとこは……彼女としても……」

「知ってるよ、県立博多海西館高校。生活歴聴取したの俺だし。そこで学年で50番以内、旧帝大なら楽勝だよなあ」

「で、今は沢登高……私の母校なんですけど……」

「あっ！　沢登高って、長谷部もやったねえ……」

「ええ、昔はそれなりでしたけど、制服なくして私服にした頃から、ちょっと自由奔放過ぎて」

「私服化って、俺の同級生がいた頃に、生徒会で決めたって……」

「そうだったんですか！」

「学校の良し悪しなんて、学業だけじゃねえから、沢登高には沢登高の良いとこもな……アナウンサーとか、けっこう著名人も出てるだろ」

「まあ……。勉強に関しては、やるヤツとやらないヤツで両極端でしたよ」

「ま、最終的には本人のやる気や努力で、高校生活も進路も決まるだろうけど、子供には環境も無視できない要素だろ」

「友達との切磋琢磨とか、学校のノウハウとか、差はありますからねえ」

「かと言って、簡単に転校とかはできないし、私学編入もなあ……おっ、昼だ昼。朝に注文忘れたから何かパンでも買って来るわ」

「見里さん、いつもレジ袋を小さくたたんでますよねえ……」

「ああ、これね。うちの子が行ってた保育園にさあ、持っていくんだよね」

「保育園に？」

「そ、溜まったら持ってってって……乳児のオムツ交換する時に使うらしい」

「へえー」

「いい保育園でさあ、３人も世話になったし。長谷部も子供を預けるなら、いい園を選べよ……あっ！」

「どうしました？」

「ちょっと、思いついたわ」

「えっ？」

「神が降りてきた感……？　午後、特に急ぎの決裁とかねぇよな。仕事？　いや微妙だな……レジ袋も溜まったし……半休取って帰るわ」

「へっ？（いつも唐突に帰るよなぁ）」


「課長、腹痛いから午後帰ります」

「ん、どうしたんだ？」

「仮病です」

「あん？　ダメだぅ！」

「いいや限界だ、帰るね」

「……フッ」

年休簿を出す際の、〝お約束〟の寸劇を挟みつつ事務所を後にした。


「こんちわー、園長います？」

「あら見里さん、お久しぶり。今日は何か？」

あおいの風保育園、市内でも評判のあおいの虹保育園の姉妹園として開園。開園初年度から長女・長男を預けて、後から生まれた次男も含め8年間お世話になった。

〝共育《ともそだ》て〟という保育理念の下、良質の保育を提供してくれて、親としても何度も助けられた。成り行きではあるが、開園からの3年間を含め、父母会長を4度やらせてもらった。


「いつも古紙やアルミ缶、ありがとうございます」

民間法人の経営で、資源回収も収入源の一つである。

「いやいや、24時間365日いつでも出せるから重宝してますし。あっ、これね」

袋いっぱいになったレジ袋を渡す。

「これも助かるのよお。有料化されてからなかなかねえ……見里さんのは一つ一つキレイにたたんでて、奥さんがやるの？」

「あっ、いや……奥さんはB型だから、これはA型の俺の……っと、そんなことより園長、折り入ってお願いがありまして、今、お時間いいですか？」

「あらあら、折り入ってなんて、いったい何かしらねえ」

「無理を承知で、単刀直入にお願いします……女子高生を一人、少しお預かり願いたいのです」

「あらまあ……唐突ね。とりあえず、わけをお聴きしましょう」

「はい……えーと、どこから話そうかなあ……園長は、今の俺の所属はご存知ですよねえ？」

「福祉の……生活保護の担当よね」

「ええ。と、とりあえずはこっから先のことは、園長の胸の中だけでお願いします」

「はいはい、分かりましたよ」

「ありがとうございます。要は、受給世帯の娘さんです。母子世帯で、母親が夫や交際相手からＤＶを受けまして。短期間に高校を２度も転校させられて……」

「おやまあ、それはお気の毒なこと」

「ええ、親の都合だし、子供にゃ何も罪はない……最初に入った高校、その県内でトップの進学校だったのが、転校の度にランクが下がるし……原因は母親なわけで、母娘仲にも影響というか……結局、不登校に。今は、夏休みなんでいいんですけど」

「お預かり、というのは具体的にはどういうふうに？」

「あっ、いや、そこまでは考えてないというか、そこも含めて相談……願いたいかと」

「思い付いたらすぐ動く、ホント風くんにそっくりね」

「いやいや、あいつが、俺に似てるんですよ……」

「だいたいのところはね、分かりましたよ。前にね、風保育園ができる前、虹保育園の頃にもね、卒園児だったけど不登校の女の子がいて、お母さんから相談受けて、ボランティアってことでしばらく来てたの」

「さすが、既に前例があるとは……すごいっすね」

「とは言ってもねえ、よそ様の娘さんを簡単にってわけにもいかないから、やっぱり親御さんと、一度は一緒に来てもらって……」

「そりゃそうでしょう」

「ボランティアってことで給金は出ないわよ。あと、お昼をまたぐようなら、子供たちと一緒に……一食250円かかるわ」

「ありがとうございます！　250円で美味しい給食、俺が喰いたいくらいですよ。あと、くれぐれも、他の先生方には俺からというのは……。当人たちには、うちの娘が予定していたけど、急遽できなくなって……とか。たまたま同じ学年だし」

「はいはい、ハナちゃんには本当に来てほしいけど、高校忙しいのよね」

「夏は、吹部《すいぶ》のコンクールが」

「まあ、吹奏楽部は続けているのね」

「ええ。コンクールは2年生だけで出るそうです、経験者が多い女子校なので。1年生はサポートで、3年生は5月の定期演奏会で引退して、もう受験モードだとか」

「長谷部、昨日の山嶋母娘《おやこ》の件、ちょっと案がある……」

保育園の協力が得られたこと、母親と娘には同行訪問して私が直接説明することを話した。

「あくまで非公式だから、知人のツテでボランティア、ってことで記録とかはかまわんよ。つうか、乗ってくれるかなあ？」

「お母さんも心配してましたから、本人さえその気になれば……」

「無責任だけど、保育園でボランティアをして問題が解決するってわけじゃない。ただ、あの子自身、閉塞感というかモチベーションはだだ下がりだろうから、何かのきっかけにでもな」

「そうですね。それじゃ、母娘で在宅してもらって、訪問日を設定します」


「山嶋さん、お久しぶりです。事務の正社員になれそうだって……頑張ってますねえ」

「ええ、運良くというか、周りに助けられて……今は仮採用ですけど、本採用になれれば、何とかやっていけるかもしれません」

「その辺りは、焦らずじっくり行きましょうか。今日は、明末さんのことで長谷部から相談がありまして」

長女自身が相談に来たことは、あえては言わない。


「明末さん、夏休みになったけど、何やって過ごしてんの？」

「博多のように学校の夏季講習もないし、家で……一応勉強もしてるよ。高認って手もあるし」

「こうにん……？　ああ、昔は大検って言ってたやつだね（高卒認定試験って時点で、並の発想じゃないんだな）」


「実はさあ……勉強も忙しいかとは思うけど、夏休み中にボランティアなんかやってみない？」

「ボランティア?」

「そう知り合いの保育園、ここからなら自転車で行ける……そこの園長から頼まれてねえ。民間法人が運営してて、予算ギリギリなんだけど職員の給料は優先して考えてて離職率は低いの。で、夏休みを取らせると人手がねえ……なので、卒園児で中学生以上の子にボランティアを頼んでる」

「保育士の仕事?」

「まあ補助的に……保育以外にもやることは山ほどある。市内の中学校は、職場体験って課題があるからよく卒園児が来る。そして高校生になっても来る子もいる。居心地がいいらしいよ」

「勉強するのもいいけど、身体を動かさないと……博多の頃は陸上やってたし」

母親が心配そうに言う。

「まあ、朝は走ってるけど、足りない気もするしね……子供かあ、考えたことなかったなあ」

「ぶっちゃけ言うとね、うちの子が行ってたの。そんで保育参加と言って、親も一緒に一日過ごすってのもあって、楽しかったよ。給食、美味いし」

「給食?」

「昼をまたぐなら、子供たちと一緒に。一食250円なんだよね。だから、お弁当じゃなくても。味は保証しますよ」

「それくらいは出せるから、気にしなくていいわよ」

「……正直ね、いろいろ悩んでるというか、考えてて行き詰まるんだよね。保育園に行って解決できるとは思わないけど、見里さんがそう言うなら……気分転換にもなりそうだし」

「オッケー? それじゃあさあ、一度ね、お母さんと一緒に園長と面談してからになるの」

「面談？」

「大事なお子さんを預かるんだもん、親御さんとも会っておかないと。仕事が終わってからで、夕方で大丈夫だから」

山嶋さんには園の、園長には山嶋さんの電話番号をそれぞれ伝え、面談日の調整をしてもらい、ほどなく、長女のボランティアは始まった。


8月下旬、長女がまた一人でやって来た。

「長谷部さんでもよかったけど、見里さんがいるなら直接報告、お礼もしたかったし」

「お礼？　楽しめたのかい？」

「楽しかったよ。やることもたくさんあって、勉強にもなったし。でも、何だろう？　子供からエネルギーをもらったようにも……」

「保育士さんたちも、『元気をもらう』ってよく言ってたなあ。まあ、俺も家に帰って子供の顔を見たら疲れが取れるよ」

「あと、子供ってさあ、すごくなついてきて、お姉ちゃんお姉ちゃんって寄ってくるんだけど、夕方お迎えが来ると、さっさと親のところに行っちゃうの」

「良好な親子関係、情緒的つながりができてるんだろうな」

「小学校に入る前のことは覚えてないけど、うちの親子関係は？って思うと、切なくも……」

「お母さん、あなたのことを大切に思っているよ。まあ、男運？　その辺りは……家庭それぞれっつうか、まあ……」

「いいよ、無理にまとめなくて。母さん責任感じてて、ちょっと気を使い過ぎな気もするしね」

「その気持ちの余裕、昔の俺にはなかったなあ」

「保育園、紹介してくれてありがとうございます。保育士ってわけじゃないけど、福岡でも新潟でもここでも、福祉の人たちのお世話にはなったし……福祉の勉強も悪くないかなあって、近所に社福大もあるし」

「ほう、何となくでも方向性ができたんだ」

「……福祉の仕事なんて、考えてなかったけど、何か、人の役に立つってのも……ありかな。家から通えて学費も安いし」

「あそこの学費は国立と同じだしね。まあ、学ぶ動機ができたのは良かったよ。高校は？」

「行くよ。社福大の指定校推薦もあるんだって……普通に入試でもいいけどね。あと、クラスの子からのル・イン、心配してる子もいるし……行きたい気持ちも出てきた」

「そうか……通学のモチベができたのは良かったよ。高校の時のオイは、その辺りが漠然としてたんだよな……」

「プッ……素でも九州弁出るんだ」

そのうちまた、〝カタコト九州弁〟で話そうと彼女は帰っていった。

ep.08 • 見里ＳＶ、茶色いです

「見里SV、今警察から電話がありまして、私が担当してる山上さんが自宅で亡くなっていたそうで……後で警察に行ってきます」

仕事にも慣れてきた高原CWが、淡々と話している。

いわゆる〝独居死〟は、生活保護受給者に限らず社会問題になっている。

各自治体もいろいろ策を講じているが、全ての対象者を常時把握することはかなり難しい。

高原にとって、今回は初めての独居死であるが、一度他のケースワーカーの事例に同行して経験はしていた。


この仕事をしていると、人の死に対してどう向き合っているのか、と時々尋ねられる。

私が初めて受給者の死に関わったのはまだ配属1ヶ月未満の時で、病院で亡くなり高額な死亡保険金が世帯員に入り、保護費の返還や廃止などの事務処理を要する、駆け出しの新人には理解が難しい案件であった。

病院の事務方、保険会社、斎場、葬祭業者、遺族に国保担当課と、自身の理解が不十分な中でのやり取りに追われ、人の死に向き合えないままに処理を進めていた。

その後も、自分の身内の前に〝他人〟の葬儀で骨を拾うなど、20代半ばで稀な経験を先に積んでしまった。

仕事で人の死に関わるのは、医師、看護師、消防士、警察官、葬祭業者などが思い浮かぶが、向き合い方は職種としてではなく、個々の人としての心情の問題であろう。

高原にせよ配下のワーカーたちにせよ、負荷に感じるようなら助言はするが、心情的に〝こうあるべき〟などは言わない。

受け取り方はそれぞれだし、実際のところ、多忙な中で起きる事象の一つとなっている。

山上礼二さんは単身の高齢者。日常生活を送るのに問題なく介護サービスはなし、自身で買い物にも出かけ、持病もなく時々内科・眼科の受診がある程度である。

特に問題がない高齢者世帯として半年に一度の訪問頻度で、4月に前任者と引き継ぎを兼ねての訪問をして以来、来月が訪問予定であった。

6月には、年金収入の申告に来所もしており、今回の訃報には少し驚いている。

「窓口に来れば少し話し込んでた、割と背の高い爺さんだよなあ……何か、持病とか?」

「発見されたのは3日前で、死後の日数が……いささか経っているようで、まだ検案書も見てないので、死因とかは……要否意見書（医療扶助が必要か不必要かの意見を、受診先に求めるための書類）を出してる病院はないです」

「警察、一人で大丈夫?」

「あっ、はい、慣れました。13時半に警察で富貴葬祭と待ち合わせです」

「あっ、高原さんですか?」

警察の入口で高原に声をかけてきたのは、先月長友CWに同行した際にも会った富貴葬祭の斉藤氏だった。電話で話はしていたが、あらためて挨拶をして一緒に刑事課に向かった。

担当の刑事が、「通知書」と「死体及び所持品引取書」に遺留金品を用意していた。

通知書とは、身元は判明しているが引取り手が無い方が亡くなったという内容で、市民課への死亡届提出の際に必要となる。

遺留金品を確認して、〝引取書〟に担当ワーカーが署名をし、一部コピーをお願いして、この二種類の書類と遺留金品を持ち帰ることになる。

遺留金品とは、現場から検証時に警察が回収したもので、概ね貴重品と解している。

現金、預金通帳、判子、キャッシュカード、クレジットカード、免許証、保険証、腕時計、携帯電話、貴金属などが対象のようだ。

現金については、火葬費用に充当するが、その他は遺族等の引取りがなければ廃棄することも。

死亡診断書（検案書かつ死亡届）は、検案した医師のところ（病院）に葬祭業者が取りに行くのが通例で、後ほど福祉事務所に届けてくれる。

通常はここまででケースワーカーの役目は終わり、遺体の受け取りは業者と警察で行われる。

斎場の霊安庫（冷蔵庫）は、担当が押さえているので、そこに搬送して荼毘を待つことになる。

ところが今回は……遺留金品確認の際、刑事がゴム手袋をしていて、前回の時とは違うことに高原は気づいていた。

「ちょっと、現金の状態が悪くて……臭いもキツいので場所を変えますね」

窓が全開された狭めの別室、窓際の机に新聞紙を敷いてビニール袋を置く。透明な袋から見える紙幣が茶褐色なのと、濡れた硬貨に尋常ではない危険を感じた。

「死亡した山上さん、玄関を上がった辺りで仰向けに倒れてて、お尻のポケットに財布が……」

「部屋着じゃなかった？」

「そうですね、出かけるところか帰宅時かは分かりませんが」

「仰向け、尻の……ポケット……」

「遺体もかなり傷んでて、血液というか体液というか……財布は廃棄しましたが、現金とキャッシュカードは捨てるわけにも……レシートとかサービス券らしき物は、識別不能で財布と一緒に」

「消毒とかは？」

「してないです。なので、触らないでください！」

（いや、触らんよ……命令でも）

３３，８５５円……引取書の額と相違ない。

同席している斉藤氏と顔を見合わせる。

「これでの支払い……無理ですよねえ？」

「これは……ご勘弁ください」

「そうですよねえ……とりあえず、事務所に戻って検討します」

疲れた顔で戻った高原、「見里さん、これ……」二重にしたビニール袋を取り出す。

「インパクトあるなあ……俺もこの仕事長いけど、初めて見るよ」

「大概は部屋着で亡くなってて、財布とかは身に付けていないんですけど、今回は……」

「さてさて、遺留金は葬祭費に充当……するんだけど」

「既に、富貴葬祭からは受け取りを拒否されてて……」

「……だよなあ。これって、使えるの？　流通させていいの？」

「このまま使ったら、伝染病の蔓延とか別の問題が……」

「そのままはないだろ。消毒殺菌はしてさあ、煮沸とかで。お札の紙は丈夫だから煮沸して乾かせば、とりあえずは触れるんじゃね」

「誰がやるんですか？」

「ん、いやいや、やれとは言わん。触れるとして……一度ＡＴＭに入れて引き出せば……それとも、パチンコとかの券売機で使うか？　その手の機械って、色までは識別しねえんだろう。なんか、文字通り〝マネーロンダリング〟だなあ」

「相変わらず、悪だくみネタはスラスラ出てくるよなあ……そんなやり方は、ダメだぅ！」

「あっ、課長……いや、合法的かつ迅速にこの状況を打開するために……」

「そんなもん、銀行で両替してもらえばいいんだろ」

「してもらえますかねえ？　破損じゃないんですけど……」

「使用に耐えられない状態だろ。両替というか交換できるだろ」

「とりあえず、銀行に聞いてみます」と高原。

「近所の銀行、３店ほど聞いたんですけど……いずれも断られました」

「やはり、機械を通してから……」

「でも、3店目で『日銀なら』って言われたんで、聞いてみます」

「日銀？　一般人は出入りできないんじゃね？」

「まあ、その辺りも含めて聞いてみます」


「見里さん、日銀で交換してくれるそうです」

「そりゃあ良かった……」

「ただし、行かないと……です。なので予約して明後日、日本橋まで行くことになりました」

「そりゃ、ご苦労さんだなあ。まあ、うちはまだ行けるけど、地方の、それこそ九州や北海道とかだったらどうすんだ？　微々たる額でも旅費使うの？」

「あっ、それなら地方にも支店や国内事務所があるそうで、そこで対応可能だとか……」

「日銀に支店があることも初めて知ったよ！」

「ここの仕事は、他じゃできない貴重な体験の宝庫ですよね」

「まあ、日銀なんて普通は入ることもできないし、気を付けて行ってきてくだされ……新橋の場外売り場に寄ったらアカンよ」

ep.09・見里SV、警察からです

「墓地埋の輪番、次は見里ＳＶですよねえ。警察からのお電話です」

福祉事務所では困窮者支援の他、引取り手のない遺体に関する業務も所管することが多い。

墓地埋葬法にかかるとか行旅死亡人《こうりょしぼうにん》（行き倒れて引取り手が存在しない死者を指す法律上の呼称）といった、引取り手がないとか身元が分からない遺体にかかる事案が、当市でも年間30件前後発生している。

その場合、火葬してお骨にすること及びその費用に関することを処理しなければならない。

昔は、ケースワーカーの仕事であったが、発生件数よりもワーカー数が多い、つまりは輪番にしても年度で一周せず、毎回初めて処理する職員となり、運用としては非効率になる。

それでＳＶの仕事となったが、年に５、６件はけっこうな負荷になり、さらにはいつ何時起こるか分からないので、通常業務が忙しい時だと心理的負担も増す。


人の死を悼む、そんな気持ちがないわけではないが、それよりも事務的にすべきことに追われ、それだけの〝余裕がない〟のが現状である。


通報元は、居宅で亡くなったり行き倒れの場合は警察、入院中の病院で亡くなったら、通常はその病院からとなる。

病院の場合は、どこに住んでいても病院所在地を管轄する福祉事務所に連絡がある。そうしないと、うちの市民が北海道の病院で亡くなっても、我々が調査に行ったり、委託している葬祭業者が遺体を引取りに行くことが非常に困難になるからだ。

今回、入院先で亡くなった人は、市外に住民登録があるが当市内に事業所を構えていた。そこで倒れて市内の病院に搬送された後、数日経って死亡したが、死因不特定として病院から警察に通報された。

警察が遺体を引取り検視をして、戸籍等で身内を捜す。親兄弟、子供などが見つかれば引取りを打診するものの、見つからなかったり何らかの事情で拒絶されれば福祉事務所へ、という流れで本日、うちへの連絡に至った。

警察から概略を聴き取り、市の斎場と調整しつつ、委託契約している葬祭業者が遺体を引取りに行く。この際、我々も警察に出向き、遺留金品などがあれば預かってくる。

遺留品の中に免許証があり、隣の市の住所が記載されている。

隣の市に書面で照会し、該当があれば数日後に住民票が届く。

「隣か……この住所を訪ねてみるか」

ワーカー時代から、よほど遠い市外でなければ原付バイクを使っており、今回も割と近場なので、原付でくだんの住所を訪ねた。

該当する町名、番地に着くも、それらしい住宅は見当たらず、位置的に当てはまるところに書店？　うろうろしていてもらちが明かないので、書店で話を聴くことに。

個人経営の小さな店、週刊月刊の雑誌、漫画の単行本、小説、エッセイなど売れ筋の書籍の他、奥の方に古い書物も並ぶ。通っていた大学が神田古書街近くだったので、古書店の雰囲気は知っていたが、ここのそれは神田のに近い。

「すみません、お忙しいところ失礼します。隣の市の職員なんですけど……」と名刺を渡す。

福祉事務所、査察指導員、社会福祉士という文字が並んでおり、渡されても何者かがすぐには分からない名刺だ。

「うちの市内の病院で亡くなられた方が、こちらの市に住民票を置いていて、それを頼りに来たのですが、それらしいお宅が見当たらず……こちらが近いようにも思えて」

「山添さんかい？　山添徹さん」いきなり正解の名前が出て驚いた。

「あっはい、その方、山添さんです」

「会社で倒れたって、社員さんから聞いててさあ。そうか、亡くなられたんだ」

「あのお、山添さんとは、どういった？　お身内の方ですか？」

「いやいや、身内じゃないよ。古くからの知り合い、と言っても山添さんの詳しいことは知らないよ。昔にね、出版社にもいたんでさ、その頃からの付き合い。住民票を置かせてほしいって、もう2年も経つかなぁ……」

「お住まいには?」

「いやいや、住んでない。住民票だけ。だから役所からの手紙も来るんだよ。ほら」

市民税と国民健康保険の所管課からの封筒だ。

「時々寄って、こういった物は受け取ってって。死んじゃったんだ……これらはどうすればいいのかねえ?」

「死亡届は、うちの役所で受理されます。その後、本籍地に連絡がされて……ただ戸籍担当から住民票担当に伝わるかは、私も詳しくなくて」

「まいったね、どうしたものか……」

「市役所からの手紙、税や公共料金かと思いますが、その担当課に電話をしてみては。亡くなられたと聞いたと。情報源として私のことは伝えてかまいませんよ」

「電話かあ、面倒だねえ……」

「あのお、先程会社の方とおっしゃってましたが、その会社の所在地とかはご存知で?」

「ああ、分かるよ。山添さんからも聞いてたし。ちょっと待っててな……」

警察からも聞いてはいたが、その住所、電話番号をメモさせてもらう。

警察の情報と同じ……市街化調整区域(都市計画法に基づき建築が制限される区域)にあたる地名だった。

電話をしてきたのは、社員と名乗る女性だったが、その人の連絡先は聞いていないそうだ。

「山添さんのお身内の方とか、ご存知ですかねえ?」

「そうだねえ、親御さんはもう亡くなってて、兄弟はいないって。離婚したことがあって、子供はいないって。うちの子を可愛がってたから、子煩悩なんだろうけど」

「さっきも言いましたが、私は住民票とかには詳しくないですけど、本来は住んでいるところに置くものかと。実際、一致しない方はいるみたいで、その状態が5年を過ぎると職権で消されます」

「そうなんだ。でもどうして分かるのかなあ?」

「多分、市民税とか国保料の請求に何もしないとかで分かるかと。山添さんは滞納がなかったから、担当課も住んでいると解していたかと。今後は支払いは滞るでしょうから、例えば市民税課から市民課に、いないのでは? と問い合わせみたいな」

「なるほどね、その後は……」

「市民課の職員が調査に来て、不在を確認して……」

「おやおや、私もマズイのかねえ?」

「すみません、その辺りも知らなくて……とりあえずは、市民税と国民健康保険の担当課に知らせるとか」

「はあ……なんか面倒にならなきゃいいけど、とりあえずは電話してみるか……」

書店を後にして、事業所の所在地に向かった。

事務所部分はプレハブ建て、ノックに応答なく施錠されている。横には倉庫があり、シャッターは開いたまま、中には何もない。事務所窓の半開きのカーテンから、乱雑に散らかされた様子が窺えた。電話番号にかけると、誰も出ず中から呼出音が聞こえる。

社長が死んで、会社の存続が見込まれない、そんな時の従業員の行動か……未払い賃金とか、生活に関わることを皆で分配とか精算したのか？

看板もなく、どのような商いをしていたのか、従業員数、取り引き先なども不明。そもそも、調整区域にどんな建築要件でこの建物は建っているのか？　入口付近の壁に上水の検査済証が貼ってあるが、下水や資産税のものはない。

検査済証の番号を控えて、前の所属だった水道局に寄った。

「その人名義で上水の契約はしてるね。亡くなったんだ……過去の滞納はないけど、次回分は請求できないねえ……」

契約者が身内とか、期待していた手がかりはなく、料金担当への情報提供で終わった。

居所は不明だが、住所地と事業所に葬祭を執り行える身内がいないことの確認はできた。

親族については戸籍照会の結果待ちとなった。

帰庁すると、葬祭業者から火葬の日時の連絡があり、予定日に荼毘に付された。

その後、葬祭費用を業者に支払う処理をして、調査で身内が見つかり、可能なら請求し、不存在か事情により請求不可能なら、くだんの費用を県に請求する。

翌日、電話当番からの取次ぎ……

「墓地埋の山添さんの担当って、見里SVですか？　そのことでって、3番に女性の方から。名前は言えないそうで……」

名乗っても何ら不利益はないのだが、無理に聴き出すことでもない……

「あのぉ……病院に見舞いに行ったら、死んで警察が引き取ったって聞いて……警察に聞いたらここに問い合わせては、と」

「はい、担当の見里と言います。お名前はけっこうですが少しお話、よろしいでしょうか？」

匿名の彼女が言うには、

死亡者：山添徹さんは、大手の出版社から独立し、書籍の企画やデザイン、代筆など出版に関する仕事を一人でしていた。

数年前に事業所を立ち上げ、多い時で5人、死亡時は3人の社員がいて自分もその一人である。仕事中に倒れ、社員が救急に通報して入院となったが、意識不明で回復の見込みもないと聞いた古参の社員が、一番最近の売り上げを、それが最後の収入になるが、長年の信用のある取り引き先などの支払いを済ませて、残金を3人の社員に分配して解散と言われた。

書店に知らせたのは自分で、身内に関しても書店主と同じ程度しか知らないとのこと。

会社の最終益、債権者への支払いの前に、先取特権という民法の規定があり、従業員への給料と葬祭費用もそれに該当するが、残金がなければどうしようもない。

火葬に立ち会いたいと言われたが、既に済んだことを伝えた。

電話越しにも落胆した様子が伝わったが、いつまでもそのままにはできない事情は理解してもらえた。


生きていれば、人は必ず死ぬ。いつどこでかなど、誰にも予測はできない。

私とて、最期を家族に看取られるという保証はない。

人の数だけ人生があって、同じ数だけ最期がある。

看取られたり、家族に弔われなければいけないわけではない。それがその人の幸せを測る指標でもないが、こういった事案に出会うと、やるせない気持ちになるのも毎度のことだ。

ep. 10 • 見里ＳＶ、物盗りです

深夜、物音や地震というわけでもなく、ふと目が覚めることが時々あるが。

窓を一枚隔てた向こう側に、何かの気配という〝おまけ〟を伴うことは稀有であろう。

「ん？」その未明では、そういった不運が付随していた。


「いやあ、昨夜はまいったすよ……」と、南野CWが話し出す。

「夜中に、何気なく目が覚めたの。したらベランダに人影があってさあ……」

南野は地方の出なので、市内で一人暮らしをしている。当初は3駅ほど電車を使っていたが、帰っても寝るだけと、役所まで徒歩圏内の築年古く家賃が安い木造アパートに転居していた。

「この時期は寒くないし、面倒だから雨戸も閉めてなくてさあ、丁度街灯の光でカーテンに人影が映ったの、2階だし明らかに泥棒じゃん、焦るよ」

「それ、ヤバくない？　……逃げないの？」主たる聞き役は柳沢CWであった。

「最初はパニクるけど、ああいう時はいろいろ考えが巡って……俺は、闘うを選択したっす」

中学から高校まで剣道部、インターハイ県予選ベスト4のチームで大将だった二段の猛者だ。

「大学からはギターばっかりだから、部屋に〝武器〟がなくて、折りたたみ式の譜面台をたたんだら、小太刀くらいの長さで取り回しもいいし……」

「闘ったの！　やっぱり武闘派だなあ」

「そのつもりで、意を決してカーテンを開けたら、それに驚いて慌てて逃げようとしてか落ちた、2

階から」

「マジで……それで？」

「動かなくなって、うめき声もしてて、110番しましたよ。したら、警察が来て大騒ぎ。朝方まで事情聴取って……犯人は救急車が来て搬送されてた」

「さしずめ、未明のお祭り騒ぎってとこだね」

「そお、近所の人たちも出てくるし。そんで現場検証って部屋にも入るし、令状はあるんかい？って拒否しようかとも思ったけど……」

「警察って、被害者からも執拗に聴くとこあるんだよな」

「窓にガムテープが貼られてて、『証拠保全してくんねえ？』なんて言うし」

「それはダメだよねえ」

「ええ、剥がしましたよ！　次の泥棒が入りやすいだけだし。なかなか剥げなくて大変でしたよ」

「やっぱり、老朽物件は危ないのかね？」

「それもですけど……うちのアパート、テレビの犯罪ドキュメントの再現ビデオのロケにも使われてて……イメージ先行かも」

「そりゃ、お疲れさん。とんだ災難だったね。寝不足だろ？　年休取って帰るかい？」

「帰りたい、つうか朝から休みたかったけど、今日訪問するって約束してた人がいて……」

「んじゃ、しょうがないか……ご苦労さまです」

そんなことがあって3週間ほど経ち、隣の市の福祉事務所からの電話に対応した南野が、

「見里SV、えらいことになりました」

「なに？　移管の話でも来たの？」

「いえ……でもそれに近いかな？　この間俺のアパートに泥棒が入りかけた話、覚えてます？」

「ああ、お前さんが譜面台で致命傷与えたヤーツじゃろ……」

「いやいや、俺はやってないっすよ。慌てて勝手に落ちたヤツっす（こうやって話に尾ヒレが付くのか……）」


「その犯人が隣の市の病院に運ばれて、大腿骨とか折れてて入院、手術して、医療機関通報で福祉事務所が調査を始めたら、何とうちの市内、しかも俺の担当地区に家があるって分かって、実施責任うちじゃねーかって……」

「マジか……、そりゃ家があるならうちがやるようだろ……えっ担当？　南野？」

「そーなんすよ！　これ、さすがに俺がやったらマズい、つうかできねえっすよ」

「いや、まいったね……マズいでしょ、いろんな意味で。いいよ、お前さんはやらなくて。長友さん、今って手空き？　新規一件いいですか？」

「ん、今、一件上がるところなんでいいですよ。仕方ないよね、これは南野にはさせられないでしょ。もしかしたら裁判の証人出廷もあるかもだし……」

「裁判？　証人!?　マジすかっ！」


南野宅で事件が起きて、その未明に入院。同日、病院から福祉事務所に通報されてから22日経過した今日、隣の市の福祉事務所からうちに連絡。

この3週間の空白は、ケースワーカーが聴取を試みるも本人が何も語らず、身元の特定に時間を要したもの。


事件当時、身柄を確保した警察は、負傷しているために救急車を手配し入院となった。

警察は原則、要入院となった者の逮捕はせず、退院してから逮捕勾留となる。そこからが本格的な捜査の開始になるが、そもそも捜査上の情報については、基本的に福祉事務所との共有はしないものだ。捜査に支障があるとマズい、というのが理由であろう。

なのでケースワーカーも、本人が話してくれない限り、何も手が付けられないのも仕方がない。

当市福祉事務所としては、隣の市からの連絡日もしくは通知日から法定期限の起算を始めるので、日数の経過は特に問題はない。また、保護の開始は入院日に遡る。

かくして、長友CWによる調査が始まった。


本人：山宮猛さんは当市内の賃貸住宅に居住。住民票には妻子も記載されていた。

「奥さんと子供……世帯の取り扱いはどうしたものか……」

長友が、当該アパートを訪ねる。ファミリー向け、立地などを考えるに家賃は8万前後か。呼鈴を鳴らすも中からの応答はない。踵を返した刹那、隣室のドアが開いた。

「お隣は誰もいないよ」

初老のご婦人が、尋ねてもいないのに話し始める。

「旦那がさあ、逮捕されたって。愛想をつかして娘を連れて実家に帰ったよ、もう離婚だって」

「娘さん？」

「幼稚園に行ってる可愛い子さ、あんな子がいるのに猛はさあ、何で悪いことするかねえ。ん、あんた誰だい？」

「あっ、はい、営業のモンです。今度、この地区をやることになって……」

「そーかい、そりゃ大変だねえ」言い終わらぬうちに閉扉。

もちろん、隣室のお婆さんの言で済ませるわけでもなく、その足で入院先に向かう。予め、本人と主治医との面談は頼んでいた。


隣の市まで出るのに、いつもなら自動車を使うところ、今日は原付バイクを使った。気候的にも良い時季、疾走感が心地良い。南野が雨戸を閉めない、まあこの季節にはありがちだろう……と思っているうちに、くだんの病院に到着した。


入院棟、個室の前に警察官が立っている。

（一応、見張りが付くんだ……）

警察官に立入調査票を見せて中に。

「山宮さん、はじめまして。長友と言います。生活保護の件、相談員さんからお聞きですよね？」

黙ってうなずく。

「今回のようなこと、私も役所も初めてでして、手際の悪さでご迷惑があるかもですが、ご容赦ください」無言でこちらを見る。

「ここに来る前にご自宅に行ってみたのですが……」

慌てるように我に返り、

「女房も娘も……関係ないから、そっとしてくれませんか！」

「はい（話はできそうだな）、不必要に何かお尋ねするとか、お願いするという意図はありません。最低限、確認せねばならんことがあれば、少しお話を伺うかもです」

理解を示して、妻の携帯番号を教えてくれた。何も見ずに諳《そら》んじて。

（あれ？　俺って嫁さんの番号なんて覚えてねえなあ……）


福祉事務所は警察ではないので、事件について不必要なことは聴かない。

困窮に至る経緯と度合い、収入や資産などの事実関係、生活歴や家族、親族のことも聴きつつ、戸籍などで確認もする。

本人聴取の後に、主治医から怪我の程度や治療方針、入院期間などを聴いて病院を後にした。


学歴も勤め先も、一流とまでは言わないまでも、そこそこ名の知れたところである。

愚行に至った原因は、興味本位で手を出したギャンブル、そして借金である。

やったことは全く肯定はできないが、既に解雇を言い渡され、社会的地位も家族も失った。

今後のことは、警察・検察や裁判所の判断であろうが、既に、社会的制裁は十分に受けているように思えた。

聴取中、後悔からの嗚咽をこらえ切れなかったり、妻の携帯番号を諳んじたことなどから、長友には、本来は生真面目で家族思いの男に見え、なぜあんなことをと、他人事ながら悔しくなった。ギャンブル依存、仕事柄何度か見たが、悲惨な末路というのが共通の顛末だ。

（国が進めるカジノ法案、依存症の人が増えるって心配は、議員連中にはないってことか？）

主治医によれば、折れた左大腿骨をボルトで固定して、入院期間は3、4ヶ月。年単位で再生を待って、金具を外す手術をするとのこと。

長友が帰庁すると、山宮さんの妻から電話があった。

やや感情的な口調で、夫のせいで自分も娘も人生を狂わされた。既に弁護士を立てて離婚協議中であり、今後何かあれば弁護士にと、法律事務所の電話番号を教えられた。

数分後、その事務所の弁護士から電話があり、ほぼ同じ内容を理性的に説明してくれた。保護開始月の家賃は支払い済みで、既に解約手続き中なことも併せて聴取した。

翌日には、調停中立書の写しが郵送されてきた。

「これで、夫婦関係の破綻は確認されたか……」

事件は困窮経緯の一事項であり、それ自体は保護の適用に影響はない。

現状、単身の入院患者が医療費等に困窮、ということで、ほどなく保護は決定された。

やはり南野というわけには行かず、決定後の担当も引き続き長友とした。

1ヶ月ほど後、弁護士から離婚成立とアパート解約の知らせがあり、3ヶ月後に退院し逮捕勾留となり、今後の生活費等は警察の費用で賄われ、最低生活は維持できるるため生活保護は廃止となった。

「長友さん、今回は代打ありがとうございました」

「いやいや、大したことないし、いろいろ貴重な体験させてもらったよ。ん、何その木刀?」

「またこんなことが起きてもいいように、小太刀の木刀を買いましたよ！　これで、飛道具でもない限り無敵っす」

「そこかい?!　雨戸閉めろって！」

ep.11・見里SV、食べられません

「見里さん、少しお時間ありますか？」

職員課の柴崎保健師から電話があり、職員用の相談室に呼ばれた。

以前、同じ部署だったこともあり、普段から世間話や子育ての話などもしていた。


「あれ？　俺、またなんかやっちゃった？　パワハラかなあ？」

「パワハラだったら、こんな呼び出しはしませんよ。ＳＶが見里さんってことなので説明と、私も少し情報を整理したいので」

「……？」

「内田希子さん、２係の新人ケースワーカーの」

「えっ、希子が何か？」

「後期の新入職員研修で、職員向けメンタルケアの説明もしたんですよ。小さなことでも、何か心配事があれば、気軽に相談することなんかも含めて」

「俺らが入った頃にゃ、そんな気配りはなかったよなあ……」

「それで、研修後に内田さんから相談があって」

「まさか、俺が厳しいとか？」

「いえいえ、むしろ見里ＳＶには感謝でしたよ。仕事に自信が持てなくて毎日辛くて、食事も喉を通らないと……」

「そうなの？　近くにいて何も気づかなくてすみません」

内田希子CWは、今年の3人の新人中唯一の女性で社会福祉士資格を持っている。

毎年2、3人の新卒職員が配属され、各保護係に諸事情で振り分けられる。

4月の新人研修初日、唐突に先輩ケースワーカーが研修部屋に現れ、居住地や学部学科などを尋ねてくる。住まいと係の管轄がかぶったり近くにならないようにと、社会福祉主事任用資格に必要な科目を履修しているかの確認のためである。

市外に住む内田希子は居住地に問題なく、係間の女性ワーカーのバランスで2係配置となった。

「SVで社会福祉士なのが、見里さんだけだから2係ってことじゃなかったのですね」

「そう、たまたま。でも結果うちで良かったかな。社福持ってる新人は久々で、他の係やSVだと、資格から変に期待にしちゃうかも……資格があるのと力量があるのは別だからね……じっくり育てるよ、俺は」

「職場での様子とか仕事っぷりとか、人間関係とかどうですか？」

「昼飯はさあ、コンビニおにぎりとかカップスープってのをよく見るなあ。そもそも食が細いのかとか、小柄だし。同じ背丈のうちの奥さんはがっつり食べるけど」

「見里さんの奥さんは、バリバリの現場のナースですから当然です」

「も、もちろんそのとーり……希子の仕事っぷりかあ……新人にはさあ、比較的荒れてない地区を担当させたり、問題なさそうな新規調査をさせるのよ、基本。ところがさあ、想定外の問題が連発しちゃって……もちろん、みんなでフォローしたりしてるけど」

「それでも、担当ってことでプレッシャーもありますしね」

「人間関係ねえ……教育担当には、うちのナンバー2、むしろ影のSV、長谷部を付けたのよ。奥さんの産後の肥立ちの間、育休取るのは知ってて悩んだけど。それでも他の職員よりは……その一月弱だけ乗り越えればばってね」

「長谷部さんがいなくなった時は、他の先輩が優しかったけど、やっぱり心細かったそうです」

「うわっ、やっぱりなあ。女性どうしで大迫ってのも考えたけど、『小娘の面倒なんかイヤですよ』なんて言っててさあ。でもいざ始まったら、すげぇ面倒見てくれるのよ」

「誰かが苦手とか、話しにくいみたいなのもないですかねえ？」

「うちは、俺を筆頭にバカの集まりだからねえ。眉間にしわ寄せて仕事するなって言ってたら、みんなバカになっちゃったよ。一応、いい意味で」

「あらまあ……SVの個性で係の雰囲気違いますかねえ？」

「雰囲気っつうか、空気？　ピリピリした係もあるよ。もちろん、処遇も事務処理もミスしないのが前提よ。でもね、しかめっ面してても笑ってても、処理すべき量が変わらんのなら、笑顔の方がパフォーマンスは上がるでしょ、スポーツだって仕事だって、と俺は思う」

「そういう考えの上司が多いと、メンタルで疲弊する人も減るんですけどね」

「不真面目なだけ俺は。希子は真面目なのよ、まだまだ。まるで入庁した頃の俺のようだわさ」

「（だわさって？）見里さんが真面目だったたって、ほぼ都市伝説扱いですけど、私はそう思っています。その、かつて真面目だった見里さんにも、今度の内田さんとの面談に同席していただきます。本人は了承していますので」

「げっ、決定事項かい？」


「緊張してる？　俺の方が緊張だよ、柴崎さん俺には厳しいんだよね」

「そんなことありませんよぉ……今日はお忙しい中、お二人に時間を作っていただき、ありがとうございます。何か結果や成果を求める場ではないので、緊張なさらずに」

「パワハラの説教かと思ってさあ、俺は鈍感だから」

「もしそうなら、職員課長も同席になりますが？」

「加茂課長？　あの人シャレが効かなくて、苦手なんだよなあ。まあ、自分からちゃんと相談できて、うん偉いよ。それができなくて行き詰まるヤツ、たくさんいるからな。あと、気づかなかったのは申し訳なかった」

「いえ、そんなことないです。いつも気を使っていただいてて、仕事でヘマばかりですみません」

「ヘマ？　そんなのあったっけ？　新人じゃん、ミスなんか計算に入ってるよ。ベテランだってチョンボはあるし」

「でも、飲み込み悪くて、同じような間違いも多いし……」

「新人に最初から完璧にされたら、俺らの立つ瀬がないって。つうか、俺の一年目よりもはるかにできてるよ」

「そ、そうなんですかぁ？」

「うん、この間の独居死の現場でも、しっかりできてたじゃん」

「独居死……そんなことがあったんですか？」

「そう、入ってまだ日も浅いのに……昔話はあまりしたくないけど、今と昔とじゃ事情も状況も全然違うんだよね。俺が入った時、最後の昭和採用組なんだけど……ワーカー10人でＳＶは１人。それでも世帯数６００未満だったから、今より負担は少ない」

「１人、50件から60件ですかね」

「そう。ちなみに俺は57件だった」

「覚えてるんですか?!」

「おん。キャビネット開けて台帳を見せられてめまいがしたことと、件数は忘れない。あと、課の電話番号。数ヶ所異動したけど、他の課の番号は覚えてないや」

「（おんって？）私、最初の健康センター……あれ？　何番だっけ？」

「今はスマホに覚えさせるから、人間は覚えないっしょ。おっと、脱線だねえ。そんな10人の係に新人なんて数年に１人か２人しか来ないし、先輩みんなで職人を養成する感じよ」

「今とは大分、違うんですねえ」

「今はワーカー40人以上で、概ね5年で異動じゃん。だからマニュアル化したりテンプレートを作ったりして、誰でも容易に処理できるようにしてるわな。昔は長かったからエキスパートにならないとだった」

「でも同期の２人よりも、残業も多いし法定期限も守れないとか……」

「えっ、板倉と谷口？　どーせあいつら適当に手を抜いてんだろ？　新規の法定期限はさあ、守るに越したことないけど、スピード重視で調査が雑だと後で大変なこともあるから、あんまり気にしなさんな」

「法定期限っていうのがあるんですか？」

「一応14日。でも事情で最大30日まで。俺は昔7年ワーカーやってて、新規100件はやったけど、法定守ったんは2、3件だった。それでもクビにはなってねえよ」

「それって、マズくないですか？」

「もちろん、明日喰う米もないとか、緊急性の高い時は、必死で5日とかでやったよ。俺が言いたいのは、そこの数字にこだわるなってこと」


「自信がないのに、毎日いろんなことが起きて、受給者からの質問にもすぐに答えられなくて……電話も出るのが不安になったり。でも、当番の時は出なければ……だし」

「自信ねえ……最初からはないよ、普通。最初から制度やマニュアルが頭に入るわけないし。俺も電話に出たくなかったけど、人数少ないから出ないとバレるし。そんで電話口で間違ったこと言うと、四方八方から実施要領が飛んできたり……先輩たちちゃんと聞いてんだよね」

「体育会……ですか？」

「そうそう、そんな感じ。優しい先輩は、必要な箇所に付箋貼ってくれてた」

「やさしい……？」

「希子は、中高では吹奏楽部、トランペットだったっけ？」

「はい……」

「まあ、今はね部活でも職場でも、やり過ぎは問題になるしね」

「現状で、特に困っていたり悩んでいたりということはありますか?」

「仕事の、量が多くて締切に追われる感じが……」

「量的な負荷なあ。ただでさえ多いのに、病休のワーカーの分を振り分けたしなあ」

「坪井さんの分、ですか?」

「そう。新人には振りたくなかったけど……本来より10件ほど多くなってる」

「何とか、なりませんかねえ?」

「……他のワーカーにしても、他の係にしても、同じような事情はあって、どこかに振るってのは難しいかな」

「他の課でも、同じようなことはありますね。でも仕事内容としては、生活支援課は大変かと」

「正直、解決方法なんてないよ、人事が職員を倍増してくれなきゃよ。それはあり得ない中で、まずは職員が疲弊しないようにしなきゃ……個としても組織としても」

「個……」

「そう、まずは個。いいか、仕事の優先順位を見極めなよ。最終的には全部やるんだけど、明日できることは今日やらない、って徹底しなよ」

「ああ、私も新人の時に先輩に言われましたよ。最初は、明日に回すのも心配で、やれるところまでやろうなんて思ったり……」

「俺は県の研修で言われた。そんなこと言っても〝溜まるやん〟って思ったけど、そうじゃないんだよね。やってもキリがないもんはどっかでやめて、余力を翌日に回した方が効率も上がる」

「でもなんか、やっぱり仕事が溜まるような」

「うちの仕事はねえ、やればやるほど増える、やらないと溜まる……というナゾ業務なんだよ。だったらコンディション整えた方が効率的なの」

「案外、真理じゃないですかねえ。他課の仕事でも言えますし」

「恐らく、一番の負担は訪問と訪問記録じゃろ」

「あっ、はい」

「行くな」

「えっ?!」

「えっ?」

「訪問するなとは言わない。むしろした方がいい。処遇の基本は訪問」

「で、ですよねえ……先輩からも言われたことないので驚きました……直球ですね」

「そっ、でも暴投だよ。さっき優先順位って言ったろう、全部やってたら終わらんよ、マジで。これはワーカーが悪いんじゃないよ、そもそも設定に無理があるって。いいか、年間の訪問件数が何件か知ってるかい?」

「えっ?　いえ、数えたことないです」

「希子の既存世帯で254件よ、4月1日時点で。坪井分も含めたら+30から40か?　俺らの出勤日って年244日くらいよ。そんで年休や夏休を消化しろって言われて、新規調査がざっと10件、研修や関係先調査、突発的臨時訪問だってある。支給日や締日は出られんし、物理的に無理だろ」

「たしかに、そうですね。皆さんどうしてるんですか？」

「行ってねえよ……」

「えっ！」

「……多分だけど。俺は通算で8年もワーカーやったけど、手書き時代にワープロを経てパソコンと、筆記具の変遷の中でね」

「て、手書き……私、死んじゃいます！」

「手書きは大変だったよ。ワープロですごく楽になった。データが残るのは大きいよね。だから、他のワーカーにも同機種でどんどん勧めて、地区が変わってもデータの交換して……」

「手書き……データなんてないですよねえ、たしかに」

「そんで、ＯＡを駆使しても就業中に終わらんのに……それを今の若手はやってる？　……量子コンピュータか？って思うよ」

「……そんな〝奥義〟を教えてくれる人、いませんけど」

「奥義かなんかは知らんけど、要領良くこなすコツはつかむようにな」

「はい……早く身に付けたいです」

「優先順位を決めて、先に処理すべきものからやると、訪問も記録も終わらない気がするよな」

「はい、手が回らないです……」

「去年ワーカーをやった際に、どうせ次はＳＶさせられるから、一年間訪問にこだわってみた」

「……訪問に、こだわる」

「そう。ちなみに予定では260件以上あったよ。当然、記録書くのも入れたら定刻までに完結しねえから残業になる。それでもやり続けると月の残業が軽く30時間を超えて、次長に言い訳ってイベントが発生して、それが数ヶ月続いて、訪問ちゃんとしたら普通こうなる、残業してねえヤツは訪問してねえ、って次長に言ったら、『でもね、今のみんなのやり方に合わせないと』って言われたよ。おかしいだろ？」

「ある意味、大人になれってことですかね。見里さんは納得できないんじゃないですか？」

「当たり前よ！　どっちが正論かいな！」

「内田さん、見里さんはこういう人だけど、職員全般的ではないですよ」

「まあ、バイクで回る機動性があって、記録書くのもその他の処理も早い俺が、残業前提だからできるのであって、全てのワーカーができるもんじゃない。やってるヤツ……？　謎だ」

「まあ、そこは置いといて……ですよね」

「そう。ただ、訪問をちゃんとやると、良くも悪くも動きが起こる。自立のきっかけや、抱えている問題が見えてきたり、処遇する上では有意義だよ」

「やっぱり訪問は大事ですよね」

「いいかい、手を抜けってことじゃない。組織として職員をつぶすのが目的じゃねえから、さじ加減を身に付けるんだよ。訪問は、問題がないかあっても軽いものなら後回し。電話や来所で安否が分かれば、それで記録も書きな、違ってたら後で補正すりゃあいい。そもそもこの人数で、これだけの仕事をしろってところに無理がある。でも、これ以上人員は割けない。そうなりゃ、つぶれないためにはさじ加減するしかないだろ」

「……は、はい……」

「不安だろうけど、割り切りなよ。何度も言うが、職員に苦行させるとかつぶすのが目的じゃない。滞りなく業務が遂行されて、要保護者の生活が保障できれば、小さいことは後回し」

内田希子が先に職場に戻り……

「今日はありがとうございます」

「いえいえ、こちらこそお手数おかけしました。今の段階で専門医……なんてことは？」

「えっ、大丈夫ですよぉ。もちろん、注視は必要ですけど。そちらの長沼課長には、私からお伝えしておきますので」

「あっ、お願いします」

「内田さんも少しは気が楽になったと思いますよ。でも、けっこうマイナスに盛りましたね」

「うーん、根本的な解決にはならんなあ……」

「完璧な解は、なかなかないのでは……」

「ああは言っても、希子はできるだけ訪問しようとするだろうね」

「ええ、新人で行かないって割り切れるか……私は、無理でしたね」

「あの子はあの子なりに、というか、細かい相談にも乗ってくれる、いいワーカーなんだよね。もう少し、余裕がある現場で仕事させたいよ。今のうちは〝物量勝負〟だからねえ」

「世の中全体で、余裕はないですよね」

「もう、ワーカーの性格とか処理の早い遅いで、それぞれが違う仕事の仕方をしているからねえ。気にはしておくけど、後は自分でどう折り合いを付けるかだよね」

ep.12 ● 見里SV、どうしたものかと……

「見里SV、ちょっと相談が……」と電話を切った本並CWがやってきた。

本並は、4月に環境部から異動して当初は庶務係であったが、長期病休が確定した坪井CWの後任として、2係に課内異動してきた。

それにより、係内のワーカーの負担増は解消されたが、本並にとっては、庶務係に慣れてきた矢先のことで、振出しに戻るというか、状況が悪くなったのかもしれない。

「今、警察から、山村さんを逮捕勾留したと連絡が。大声を上げながらアパート隣室のドアをたたいて通報されて、そのまま勾留されたそうです」

「おやおや、たしか精神科に通院している人だったよね？」

「はい、定期通院してて問題ないと思ってたんですけど……」

30代の本人と60代後半の母の世帯で、本人は精神疾患のために就労不可能になっている。普段は通院・服薬もできていて、特に問題なく生活していたが、何らかの事情で服薬ができなかったのだろうか。

「それで、警察署から呼び出されて……勝手が分からなくて、一緒に行ってもらえませんか？」

「へっ？　俺だって警察に慣れてたり詳しかねえよ。でもまあ、来いって言われりゃ行くけどね。現場に出るのは嫌いじゃないし」

本並は、職員としてはベテランでしっかりしている。他課でも問題なく、むしろ有能に仕事をこなしていた。うちに異動して庶務で4ヶ月、2係で2ヶ月経つが、この2ヶ月間にけっこういろいろな〝事件〟に遭遇している。

誰しも得手不得手・向き不向きはあるが、本並はケースワークを好きにはなれていないようだ……まあ、好きになる人は稀だけど。

過去、他部署で問題なく働いていた職員が、うちの仕事に馴染めずというか合わず、メンタルを病むということが数回起きている。頻発とまでは言わないが、他部署に比して多い気もする。そうなると、一番苦しいのは本人だし、リタイアともなれば残された職員の負荷は増え、負のドミノが起こる恐れもある。

役所の仕事の多くは、チームとかコンビという単位で行うが、ケースワーカーは個人事業主とか一人親方と言われ、訪問も事務処理も基本的には一人で行う。計画的に優先順位を決めるなど、合理的な思考が必要で、受給者からの相談や〝事件〟への柔軟な対応も求められる。他部署でも必要なものだが、生活に直結している分、迅速さや誠意なども要求される。

なのでちょっとしたことが、その職員にとっては過負荷になることも。本並は最近、元気がないようにも思うし、こういうケアもSVの仕事と言えば仕事。本音で、現場出るの嫌いじゃないし。

警察へ向かう道すがら……

「どう、慣れたかいこっちの仕事？」

「やることも多いし、確認しなきゃならない他の制度とか、生活保護法だけで完結しないところが、大変ですよ」

「まあな、生活保護法だけじゃなくて、健康保険、年金、手当、指定難病に精神保健、さらには民事や刑事、戸籍や住民票に生命保険、不動産や相続、キリがないよな。今回は、まあ刑事に関することだけど、警察絡みも昔より多い気がする。俺は、毎日事件が起きて面白いよ、不謹慎極まりないけどね」

「自分は、その域まで達してないです。毎日、いろんな事務処理や受給者からの相談とかで四苦八苦ですよ」

「まあ、そのうち慣れるよ。今日みたいなことも、時々ある……」

「本当ですかっ？」声が裏返っていた。

「うん。老若男女問わずかな。ついつい服薬を怠って……病気じゃなくても、窃盗や違法薬物絡みも増えている気がするし」

「あーあ、慣れる前に異動したいですよ」

「俺も昔はそう思ってたよ。新卒1年目から、異動希望を書きまくったし。でも、10年動かなかった……今は、5年程度で異動ってのが徹底されてるだろ。昔や、そんなんなくてさ。俺と入替えで出ていった先輩が8、9年、係長なんざこの道20年のベテランだぜ。ほぼ永遠？って目の前が真っ暗になったよ」

「それは……キツいっすね」

「でもまあ、住めば都というか職場の人間関係も良いし、20年ぶりに戻ってみて、ここはいいと思っているよ」

「そんなもんですかねえ？」


警察で面会の旨を告げると、待合室で待機させられ順番が来て本人と面会、警察官が1人同席。

本人は、殊勝な態度で申し訳ないを繰り返す。

もう大丈夫と自己判断して、ここ数週間通院を怠り服薬もせずにいたら、隣人が自分に敵意を持っていると思うようになり、気が付いたら大声でドアをたたいていたとのこと。

また、止めようとした母を蹴ってしまい、足を骨折した母は入院することに。


自己判断で服薬を怠る、内科の疾患でもあり得ることだが、結果、血圧が上がったり痛みが生じるといった、顕著な症状で不具合を認識できるが、精神疾患の場合、認識できぬまま顕著な症状が現れ騒ぎに至ることが時々起こる……未然に防ぐのはなかなか難しい。


今は薬は？と問うと、同席の警察官から、勾留中は食住が賄われること、服薬についても通院先に確認の上、公費で処方されていると説明された。

本人に、勾留日の翌日から本人分の保護が停止になること、このまま起訴、収監など長期に拘束されるなら、廃止（転出）になることを説明。

近隣への迷惑行為に関しては、どうやらそこまでの長期にはならずに、遅くとも来月中旬には釈放の予定と、同席の警察官が説明してくれた。
母に対しての件は、近隣へのこと同様に病気であることや、被害届が出ないのでは、など明言はされぬものの、問題視しないような言い方であった。
被害届云々は母の考えであり、私たちから提出を勧めることでもない。

本人の帰宅後の療養については、主治医や市の精神保健福祉士と相談しながら、必要なら入院も可能である旨説明して辞去した。

根は生真面目で善良な人物なのだが、病気によって今回のような騒ぎになった。
病気自体は仕方ないが、通院・服薬を守って上手く付き合ってほしいところではある。それが難しそうな時は相談してもらえれば、訪問看護や入院など、様態に則した支援も用意はされている。

帰庁すると、母の入院先から本並宛に電話が入った。
本人を止める際に骨折し、駆け付けた警察官が呼んだ救急車で搬送され入院となったが、着の身着のままだったため、もろもろ必要なものが揃っておらず、病院の相談員から買い揃えてほしいとの依頼であった。

居宅は施錠され、本人か母から鍵を預かって取りに行ける身内もいない。ワーカーが預かって中に入る……よそ様の家だけに、それはさすがに遠慮したい。やはり、買わざるを得ないところか。

「こういう時って、どうしたもんですかね？」困惑気味に本並が言う。

「うーん、そういう依頼は時々あるんだけど、果たしてどこまでがうちらの仕事だろうね？　そんなの業務に含まれない、と断るワーカーもいるよ。厳密には含まれないって、俺は思うけど、昔やったことはあるよ。本並の判断でかまわないよ」

本並は、最終的に困るのが本人で、他に頼める人がいないならと、日用品類を買い揃えて病院に届けた。代金は本人の保護費からだが、婦人物の肌着類なども売り場で聞きながら買ったらしい。

女性ワーカーに付き合ってもらう手もある、とは付け加えたが、迅速さを優先した。

多くのケースワーカーが、事務処理などの役所的な仕事の他にも、必要即応で被保護者のために動いている例の一つではある。

ep.13 • 見里SV、警察の方が……

「見里SV、O署から署員の方がお越しで……」

長谷部CWから〝唐突〟に言われた。

「O署？　……岐阜じゃねえか、何事なの？」

「えっ、昨日の午前中に電話があったって、話しておきましたが？（マジ、ひと晩で忘れるよなぁこの人）」

「あっ、悪ぃ悪ぃ……で、何だっけ？」

「……私が担当している山井さんが、O署管内で何かやったらしくて、来月の支給日に身柄を確保したいと」

「そおそお、確保……逮捕ってことかね？　まあ、話を聴きましょうか」


カウンターの向こうに、いかにもという屈強な男と普通の男性が立っていた。

「立ち話も何なので……」

と長谷部が相談ブースに案内した。

「岐阜県警O署の刑事二課、福田と……」と屈強な男。

「岡野です」と普通の男性。

両刑事から名刺が出され、こちらも渡した。

「（福田係長、警部補なんだ……岡野さんは巡査長と）保護2係、査察指導員の見里と……」

「ケースワーカーの長谷部です」

「遠いところお疲れ様です。二課ということは、傷害とか殺人じゃないってことですね？」

「ご存知で……その類《たぐい》は一課の仕事で、うちは知能犯、詐欺とかを扱ってます」

「テレビドラマ程度の知識ですよ。それじゃあ、山井さんはその手のことをやらかしたと？」

「まあ」

「捜査に支障のない範囲で、教えていただければとは思いますが……」

「ええ、詳しいことは申し上げられません、ご了承ください。まあ、簡単に言えば結婚詐欺です。ある女性から被害届が出されまして」

「けっ、けっこん詐欺ぃっ⁈」

いつも冷静な、長谷部の声がひっくり返った。

「あっ、いえ、失礼しました。本人、とてもそんな印象じゃなくて……」

「まあ、モテるような感じはないですよね。ドラマとかじゃなく、現実の結婚詐欺って、けっこう印象違いますよ」

「まあ騙される時は、内面的に惚れてしまうんだろう」

「この件に限らずそんな感じです。もちろん、容姿を武器にというヤカラも、男女問わず」

今回対象の山井功さんは、40代半ばの単身者で、内科的疾患で就労不可能となり、生活保護開始から2ヶ月ほど経っている。

本来は、本人口座に保護費を振り込みたいが、口座振替依頼書が未提出なため、来月分も窓口払いとなっている、警察としては幸いなところだろう。

くだんの犯行は半年ほど前で、保護申請というより当市転入前のことである。

長谷部が言う通り、いわゆるイケメンという部類の容姿ではない。また、〝悪いこと〟をするようにも見えず、やや小柄の普通の人という印象である。

住民票も移しての転居、もしかしたら本人には〝騙した〟という認識がなかったのか？　その辺りは〝支障〟の対象だろうから聴くことはない。

「で、当日、私らは何かするようですか？」

「いえ、特に何かということではありませんが、署員5、6人でお邪魔させてもらうつもりでして、願わくば待機できるお部屋などあれば……」

「確認しますので少々お待ちを……」

長谷部が席を立つ。

「すみませんねえ……いかついのがウロウロしてても、目障りでしょうから」

「支給日だといろんな人が来ますし、違和感はないかもですけど」

「ははは……。うちの方では、警察ＯＢが福祉事務所に詰めるようになっているのですが、こちらさんは？」

「はいはい、時々聞きますね、そういう事務所があるの。だいたいはマル暴対策って……」

「ええ、昔にそういったことがありまして」

「幸いなことに、うちの事務所ではそういったことはまだ……」そこへ長谷部が戻り、

「幸いなことに、うちの課の隣の２０５会議室が空いていました」

「空いてた、ラッキーじゃん。少し手狭ですが5、6人なら大丈夫、一番近い部屋ですし。後でご案内します」

「ありがとうございます。当日は、通常通りにお仕事をしていただき、当人が現れましたら、お声をかけていただければ……」

「声を……」

「はい、そして我々で本人確認してから自宅に向かいます。当日は、家宅捜索と逮捕、令状を二つ用意して、実際の逮捕は捜索後、本人宅でということになるかと」

「なるほど……ん？　直に自宅で済まさないのは、瞬時に隠滅されては困る何かがある？」

「……まあ、その辺りはご想像にお任せします。その後は、そのまま地元まで連行します」

「家宅捜索後に、逮捕されないこともあるんですか？」

「まあ、ほぼほぼありません……詳しくは言えませんが、自宅であることを確認して……不確定だと逮捕に至らないことも……」

「（これ以上はツッコめねえな）逮捕までがここ（事務所）で完結しないと、顛末が分かりませんねえ。保護の停止廃止に関わることなので……」

「もちろん、結果はご連絡します」

「うちは、拘束が確認されたら保護を停止します。その後、実刑などで6ヶ月以上居宅に戻らない

と廃止になります」

「はい、どこの福祉事務所さんも、だいたい同じですね」

205会議室を案内して、見送りがてらの立ち話。

「ちなみに、地元に連れていったけど不起訴って場合、またこちらまで送ったりとかは？」

「しません。署の前で、釈放だけです」

「……そ、そうですよねぇ……地方で悪いことはしない方がいいなぁ」

「ははは、どこでも悪いことはしてはいけません。それでは失礼します」


「長谷部、気づいたか？」

「見里さんも感じましたか」

「ああ、福田さんもそこそこ強いけど、岡野ってヤツ、ただ者《もん》じゃねえな」

「ええ、身のこなしで分かりますね」

「軽量級かと思ったけど、耳は〝餃子〟じゃなかったし……」

「剣道の高段者、それも実戦向けの……ですかね」

「手合わせしてみる？」

「いえいえ……私はそこまでは……」

「市の個人戦チャンプをもビビらせる……次は、あんなんが5～6人も来るのかあ……」

「やっぱり、控え室は要りますね」

「あっ見里さん、今度の支給日、5日は県の監査でしたよね」

「あっ、そうだったな、2日目だね……多分うち、2係が当たる日じゃね」

「大丈夫でしょうか？」

「大丈夫じゃね。長谷部がずっとカンヅメってわけじゃねーし」

「そうですよね」

「まあ、監査もある支給日だし、いろいろバタつくかもだから、今度の係内会議で情報の共有と、ざっくりの役割分担しといて」

「分かりました」

「課長には俺から話しておくよ」

「お願いします。一応、後でO署に電話で確認はしておきます」

10月3日、監査前日

日程、担当監査員、対象台帳などが県庁からメールで届き、台帳や資料を前日のうちに会場に搬入する。

「見里さん……山井さんの台帳が、監査対象になってます」

「おやおや、〝持ってる〟人だねぇ」

「それと、私は5日の午前中に当たってますが、多分、本人は午前中に来所するかと……」

「あれま、同じ監査員の午後はと……柳沢だねぇ。2人を交換してもらうよ。先方には4日の朝に伝えておくよ」

「何か指摘されたら、『午前中に確保されました』って……なかなか無いよ」

「お願いします」

10月5日、当日（監査2日目）

朝の始業早々に、O署の面々が現れる。

予定通りの5人の刑事たちは、そのまま205会議室へ案内された。

いかついかはともかく、精悍な印象である。

「！　長谷部さん、山井さんって、そんな手練《てだ》れなんですか？」と南野。

「いや、軟弱な方だよ」

「それであの陣容って……殺気だだ漏れだし」

「へえー、ガタイはいいんで圧はあったけど、殺気とかは分からないっす」と内田竜太。

始業時にあらためて係員に伝達し、隣の1係のSVと、窓口に近いワーカーにも説明をした。

いつも通りに執務をしつつも、係内に少なからず緊張感があった。

しかし、保護費の支給が開始され忙しくなると、そんなことは気にならなくなる。

そして当人が来所。

長谷部がいつものように、窓口対応しながら竜太に目配せをし、竜太が205会議室へ向かった。

一度に全員ではなく、２人が本人の後ろを素通りして出口そばに、別の２人が本人の後方に立った。１人は岡野刑事だ。

長谷部との話が終わったタイミングで、岡野刑事が声をかけた。

「山井功さんですね」

「えっ？は、はい」

「Ｏ署だけど、何のことだか分かるよね？」

「えっ？　……あっ、は、はい」

やり取りはそれだけで、３人で出口に歩き出し、先んじていた２人が前後を挟むように合流し、最後に福田警部補が、カウンター越しに会釈しながら去っていった。

「えっ？　これだけ？　あっけないですね」気が抜けたように竜太が。

「本人が抵抗でもすれば、〝捕り物〟が展開されてたろう。そのための５人体制だろうし」

「無抵抗、でしたね」

「本人も、状況を全て理解しないまま連れていかれたって感じでしたよ」と長谷部。

「でも、なんか……騙し討ちの片棒をかついだような気もしますね」と竜太。

「俺らは、生活の支援でなら味方だけど、こういう時は受給者の敵でも味方でもないんだよ。他機関から合法的に依頼があれば、可能なことは対応するだけ」

「そうですねえ……でも逆に、悪いことをしてて社会に潜んでる人、それでも保護をするの、なんか釈然としませんね」

「違法・不法が明らかなら、立場上何かしなきゃだけど、前提は申請者も受給者も善良な市民ってことよ。知らないところで何かしてても、リアルで困窮していたら保護するしかないの」

「まあ、そうですが……」

「犯罪があったり、その疑いがあれば、調べたり捕まえるのは警察の仕事。うちは、暮らすに足りないお金を出したり、経済的立ち直りの支援をするだけ」

「それが福祉事務所、生活保護ですね」

「そう、今回だって、不起訴で釈放だろうが、服役してから出て来ようが、その時困窮してりゃ関わるってだけだよね」

夕方、岡野刑事から、O署で拘束になった旨の連絡があり、保護の停止処理を長谷部が行った。

ちなみに同日、本件の他に、傷害致傷の疑いの受給者の問い合わせ、同居の兄からの暴力を相談した妹の身元確認など、警察からの電話があった。

保護を受けていようがいまいが、生きていれば他者とのトラブルが起きてもおかしくはない。

しかし、同日に3件も警察との関わりとは……珍しい日だった。

ep.14・見里ＳＶ、先輩でした

「見里SV、今日は訪問してて少しショックなことが……」

地方出身の南野CWは、都内の大学を出てうちに就職した。遠いからと滅多に帰省はせず、大学以外の同窓会にも出たことがない。

そんな南野が、訪問から戻ってポツリとつぶやいた。経理の締めも終わって、休んでいる職員もチラホラ、グチれる先輩もいないようだ。

「4月から担当してる山江和子さんなんですけど、出身高校が自分と同じで驚きました」

地元出身の職員では、同窓の人が相談者や受給者ということはままある。

係の配置は、職員の居住地や出身小中学校のエリアを避ける配慮はしている。

課内に南野のような地方出身の職員もいるが、担当の受給者と同窓ということはなかなかない。

「自分で言うのもなんですが、県内でも上位の進学校で、〝県北筆頭〟と言われてました……」

山江和子さんは、南野と同郷、同じ高校を卒業後、地元の信用金庫に就職した。

もちろん進学率100％ではなく、就職する生徒もいる中でのことだ。

信用金庫への就職とて、地元では羨ましがられるものではあったが、定期預金獲得などのノルマが女子行員にも課せられ、その重圧も原因で精神を病むことになり、結局は退職となった。

しばらくは実家で静養していたが、病気に対しての家族の理解が不十分だったり、近所の目も気になることから単身上京し、病気を隠して働くが長くは続かず、職を転々としているうち病状が悪化、被害妄想から近隣トラブルに発展、医療保護入院となり医療費等に困窮し生活保護となった。

現在は病状が落ち着き居宅生活になり、通院・服薬もきちんとできている。

保護開始から5年ほど経つが、アパートの老朽化に伴う立退きで4係の管轄から、南野の担当地区に転居してきた。

もちろん、同窓であることまで把握はできないし、分かっていたとしても7、8年の世代差であれば問題視はしない。


「市内や近隣市出の職員なら、そういうかぶりはしょっちゅうだよ」

「自分としては、確率が低いというか、上京してからOGに会うのすら初めてで、『高校は勉強ばっかりさせられて全然楽しくなかった。心を病んだのはそれも原因だった』と言うので、自分もその卒業とか、後輩ですって言えなくて……」

「同窓って言う必要はねえし、いい学校出てりゃ人生が上手く行くってもんじゃない。つうか保護を受けているって状況が、人生の失敗ってことでもない。そう思ってたなら、少し傲慢だぞ」

「あっ、すみません……そんなつもりはないって……いや、少し配慮が欠けていました」

「まあ、お前さんが母校に少なからず誇りを持っていたり、いろいろ苦労して大学を出たことも知ってるけど、皆が同じことをできるわけでもない」

「自分の尺度だけでとらえては……いけませんね」

「まあな。学歴的に、世間が一目置くところの出身の受給者もけっこういるよ。早同慶立もいれば難関国立も、高校だって県立上位の……でもな、学歴がそのまま経済的成功につながる保証はないし、力量があっても運不運もある」

「たしかに……自分も高校、大学とお金で苦労はしましたが、いろんな人に支えられたり、巡り合わせが良かったり、〝運〟のところも」

「その運も、お前さんがさあ、腐らずにできる努力をしてて巡ってきたもんだよ。それができたのは、健康だったことも大きいぞ」

「そうっすね。心も身体もとりあえずはタフでしたね」

「ああ、まずはくよくよしないところが、お前さんのストロングポイントだよ」


　こんな会話があった数週間後の週明け、南野が……

「見里ＳＶ、この間話した山江さんって、覚えてます？」

「ん？　あ？　お前さんが高校時代にフラレたって人か？」

「ちょっと勘弁してくださいよ、高校までしか合ってないです。ずっと上の先輩だし」

「悪りぃ悪りぃ……毎日ワーカーからいろんな話を聞くから、頭の中はごっちゃごっちゃだよ。そんで、その山江……先輩が？」

「週末に駅前のデパ地下で買い物してて、会っちゃいました。レジ打ちしてました」

「要するに、働いていたと」

「はい。療養が優先なので就労指導もしていないんですけど」

「事前に相談とか、聞いてなかったのね」

「ええ、なので驚きましたが、ツレも他のお客さんもいて何も言えませんでしたけど……俺って気づいたからか、それと分かる会釈はされて、ツレから『誰なの？』って聞かれても言えないし」

「デートか？　街中で受給者に会う。ワーカーデートあるあるだねえ。俺も若い頃にあったなあ……要は、事前に相談とかなしで働いていたと……」

「はい。近いうちに訪問して……まずは話を、ですよね」


翌日、本人が来所した。

レジで南野と気づいて会釈はしたが、そこで説明するわけにも行かず、今日は時間が取れたと、経緯について彼女から説明してきた。


「きちんと通院して薬も飲んで、体調は安定してます。そうなると今度は、今のままでいいのだろうか？　と自問するようになって……」

「そうなんですかぁ」

「（主治医の）中田先生にも相談したり……先生は気にするなと言ってくれて……それでも気になるなら、無理のない仕事をしてもいいと……」

「以前に、作業所には行ってましたよね」

「作業所はねえ、私には少し物足りない感じが……工賃も少ないし」

「まあ、訓練的意味合いですしね」

「元々ね、田舎では信用金庫に勤めてたの。身体壊して辞めちゃったけど。そもそも、自分がやりたいことじゃなかったし」

「何か、別にやりたいこと、あったんですか？」

「あったわよ……これでも。やだぁ、笑わないでよねえ」

「笑いませんよ……」

「私ねえ、ジャーナリストになりたかったのよ」

「ジャーナリスト？」

「そう！　記者とかルポライターとか。大学にもちゃんと行って……」

「すごいじゃないですか」

「すごくないわよ、なってないし」

「いや、俺は安定志向なんで、それに比べると……すごいなぁって……」

「もちろん、そんなに甘い世界じゃないわよ。でも、母親がすごく反対して……就職して、誰かと結婚して……みたいな。自分がそうだったから、子供もそうあるべきみたいな」

「親御さんが心配するのも……でも、本人の意思とか……」

「やりたくないことを、無理無理やるとねえ、良くないのよ」

「そりゃま、そうでしょう」

「やだあ、話が逸れちゃったじゃない」

「慌てないでいいですよ」

「ありがとね。それで、通院も服薬も続けながらできる仕事を考えてて、駅デパは近いし、いろんな仕事もあるかと思って面接に行ったら、さっそく今から試しにって……初日は見てるだけで、会っちゃったのは2日目。面接が金曜日で会ったのが土曜日……相談も報告もできなくて……怒ってる？」

「いやいや怒ってませんよ、驚いただけです。事情もだいたいそんな感じかと。で、手応えというか、続けられます？」

「正直ね、レジだけをずっとって言われるとキツいんだけど、いろんなことをやって適性も見てくれるって。ちゃんとできれば、正社員への道もあるって」

「そりゃ、すごいじゃないですか。でも、通院とか続けられます？」

「まあ、病院には行きながら、身体と相談しながら……なら。自慢の娘がレジ打ち、なんて知れば、母親も少しは責任を感じるかしら……」

「仕事に貴賤はないですけどね」

「もちろんよ。あくまで母親の偏った考え方よ」

「無理は禁物ですけど、前向きに考えて働くのはいいです。ただ、状況は整理したいので仕事のことを少し詳しく聴きますね」

「いいわよ……で、こっちからも話があって……来月からは保護はなくても大丈夫です」

「えっ、そうなの？」

「まあ、今日明日すぐにじゃないけど、ほぼ月頭から働き出してて、締めが25日で末日払いの給料なのよ。なので、今月末には、多分18万くらいにはなるんじゃないかなあ……これって、来月の生活費に充てていいんでしょう？」

「その通りなら翌月認定にしますんで……時給とかで計算してみました？」

「うん、だから来月からはもう保護、要らないわ」

「はい、分かりました。応援も期待もしますが、実際の廃止の事務処理は来月になってからでいいですか？　もし心配なら、停止ってのをしてからでも……」

「様子見でもかまわないけど、後で返還とかにならないように、保護費は止めておいてね」

「はい、決して無理はせず、続けられそうならそうしましょう。で、停止か廃止の事務処理が済んだら、健康保険と自立支援医療（心身の障害治療の医療費を公費で軽減する制度）の手続きをするようです。社保はあるんですか？」

「アルバイトの時からあるんだって、さすがは大手よねえ」

「それでは、保険証をもらったらコピーを。自立支援は、社保加入と生活保護停廃止の二つの変更が必要なので」

就労内容確認票を記載して、彼女は帰っていった。

「うん、良かったんじゃない。病気と上手く付き合いながら働く人は、世の中にたくさんいるよ。療養しながら無理をしない、を守れば何とかなるんじゃねえか」

「給与明細が出されたら、きちんと要否判定します。多分、大丈夫でしょう」

「それと、もしもまた困ったら、いつでも相談においでってことも、ちゃんと言っておきなよ」

ep.15 • 見里ＳＶ、お知り合いですか？

受給者や相談者で、福祉事務所の窓口は連日賑わっている。

困り事・相談事があれば、誰でも気軽に来所できるのは役所の有り様ではある。

そんな相談者に、見覚えのある顔があった。加齢で印象は大きく変わっているが、鋭い眼光ですぐに分かった……山中隆さん、元暴力団構成員で、28年前に二度担当したことがある。


面接、申請受付は1係、申請後に1係の名波CWが……

「見里SV、今申請した方がお話があるそうです……お知り合い、ですか?」

「(うわぁ……覚えてんの?) 俺に? 話? いいよ、出るよ」


「久しぶりだねえ……見里さんよぉ。役所ってジンジ異動とかあるんだろ? アンタは長いねえ」

「どうもお久しぶりです山中さん。異動はしましたよ、何ヶ所か。去年、戻ってきたんですよ、20年ぶりに」

「20年ぶりに戻って、俺に会うなんてツイてねえなあ、アンタも……」

「お元気なようで。再会したこともだけど、俺のこと覚えてるってのが驚きですよ」

「そりゃあ、俺が警察じゃなくて福祉の人で、怒鳴ったのはアンタだけだからねえ」

「(ホントか?) そうなんですか……大声出されたのって、俺だけ? それは光栄かも」

「いやぁ……今思えば申し訳ないって、あの時は少しイライラしてたし、アンタの言ってることは間違いじゃないけど、ちょっと癇に障ったんだよね」

「癇に……ですか」

「いくら正論でも、いや、正論過ぎると俺みたいなヤクザもんには、なんか嫌いな警官や刑事に見えるんだよね」

「俺に何か、失礼な発言とかがあった、わけじゃないの？」

「言われたことなんて忘れちゃったよ、怒鳴ったことしか覚えちゃいないよ」

「……まあ、俺も昔過ぎて忘れてるけど。ここに来たってことは、市内にいるんですか？」

「あちこち住んだけど、やっぱり最期は生まれた町がいいよ。先月戻ってきたんだよ」

「へぇぇ、そんなもんですか……」

「空家になってた兄貴の家があるから、そこに住んでるよ」

「空家？　お兄さんは？」

「もう、死んじまった……」

「そうなんですか……今の時代は、〝警察への暴力団照会〟ってのがあるもんで、場合によっては保護できないことも……」

「けっ、とっくに足は洗ってるよ。いい歳していつまでもバカできるかよ……」

「見里SV、昔って何かあったんですか？」と名波。

「いやいや、つまらんことよ……」

「単身のお爺さんだと思ってましたが、どういう人なんですか……？」

「地区担当はナミちゃん？　新規調査もやるの？」

「ええ、なので何かあれば事前に聴いておきたくて」

「まあ、どのみち生活歴は書かにゃアカンしな……もう廃止台帳も残ってないし、んじゃ、少し話すか」

名波は、病休中の坪井と同期で、県北の男子高でラグビー部だったからか、日に焼けた精悍な印象だ。1係でも中堅的な立ち位置になってきた。


「システムに、開始廃止のデータはあるな……うちの市ではここところで、3回保護歴がある」

「本当だ……古すぎて、開始や廃止の理由は入ってないですねえ」

「1回目の詳細は俺も知らない。2回目は傷病で開始して廃止は失踪。3回目も傷病で開始して、他市に移管して廃止だった」

「失踪廃止の後に、半年も経ってなくてまた……あまりないんじゃないですか」

「そう、あまりないことをいろいろやってくれましたよ」


少し長くなりそうだが、生活歴の一部であろうからと前置きして。

「彼の家は、俺が担当していた弥勒町に……少し話が逸れるけど、駅から、俺の母親が勤めてた南中学校までの道すがらにあって、そこはラーメン屋だった」

「えっ？　ラーメン屋？」

「俺の母親は、何かと理由を付けて俺を職場に呼ぶんだよね、小学生の俺を」

「近所？　じゃないですよね」

「ああ、うちは青華町、２駅電車だし。まあ、何かおごってもくれるから、たいていは行ったけど。そんで、帰る時に何度かその店に寄ってラーメンを食べたら、マジ美味かったんだよね」

「山中さんと関係って……？」

「新規調査に行って、住所はそこだけど閉店してて、中は当時と同じカウンターだけの小さい店、昔の記憶と一緒。生活歴を聴いていたら……」

「やっぱり、ここって美麺軒でしたよね……小学生の時に母親と入ってラーメンを食べた。いや、美味かったよ、マジで」

「それ、作ってたのオレ」

「あっ！　そうだ、作ってた人に入墨があって驚いたんだ！」

「ここはよお、ヤクザから足を洗わせようって、兄貴が借りてラーメン屋をやらせたんだよ。元々、中学出てから修行はしてたけど」

「いや、マジで美味かったですよ、何でまたヤクザに？」

「まあ、バカだったんだよな……コツコツが性に合わなくて、目先のカネ、楽して稼ぐ……」

「そして、恐喝や詐欺で逮捕ですか」

「直接の容疑は、みかじめ料ってやつで、飲み屋におしぼりを買わせるってやり方だけど」

当時の彼は、暴力団構成員として警察のリストに名前があった。組織の中でのポジションは、本人は下っ端・チンピラと言うが、そこそこ上にはいたらしい。

生活保護にかかる予算は、当初は聖域とされ会計検査院も触れていなかったと聞く。

しかし、実際に生活保護費の一部が暴力団に流れていたため、看過できないものがあったのだろう、俗に言う〝厚生省123号通知（昭和56年11月17日厚生省社会局保護課長）〟により、要するに、保護費が暴力団の資金源にならぬように扱え、というお達し以降は、会計検査院の監査対象にもなったらしい。


「当時のSVからも、『元暴力団員だから気をつけろ』って言われた」

「……気をつけろ、ですか」

「まあ、肝硬変だったかなあ、もう身体はボロボロって感じで、働けないのはたしかだった」

「今は、肝癌だって言ってました。病状調査はするようですね」

「まあな。むしろ、ここまで長生きしてるのに驚いた」

「それで、実際、何が……？」

「あっ、悪りぃ脱線だね。最初の家、ラーメン屋のは借家だったけど立退きを喰らっててね。家賃の滞納が一番の理由だろうけど、いろいろ問題もあったから、家主としてはねえ……」

「もしかして、立退き料の関係っすか？」

「正解！　そういうのはさあ、申請前に済ませておいてほしいのよ。保護が決定して、住宅扶助も出してんのにさらに払わんし。何だろう、立退き料を上げるため？　家主さんに聞いても、はっきり言わないしさ」

「そりゃ、困りますね」

「そう、何か書類でも家主がくれれば助かるけど、本人が申告なんざしそうもないし。そうこうしているうちに結局、失踪廃止」

「エグいっすね」

「いつ、いくら入ったかも、本人も家主も言わなきゃ分からんよ」

「廃止後に入った、って考えにくいっすよね」

「まあな、でもこれで縁が切れるくらいに思ってたら、戻って来たの……」

「3度目っすか」

「そお。入院した病院から連絡があってさ。その入院の直前、文殊町の知人宅にいてて、文殊の担当も俺だったの」

「ツイてなさ過ぎっすね」

「入院先に新規調査にね……6人部屋だったから、病院に頼んで相談室を借りてたんだけど、ここ(病室)でいいって言うから、そこで小声で聴取してたんよ」

「やりづらいっすよね」

「ああ、スゲェやりづらい。こっちは気を使って小声なのに、おかまいなく大声で喋るし。そんで、立退き料のことも触れないわけにもいかず、聞いてもはっきり言わないし、すると同じ質問が繰り返されるだろ、そしたら突然キレて『何だよ！　さっきから同じ質問ばかり、警察かよお前は！　人を犯罪者扱いしやがって！　知らねえもんは知らねえんだよっ！』とね」

「マジっすか⁉」

「別にな、ヤクザっぽい人に怒鳴られんのは、公私ともに慣れてるからかまわんけど、病室の空気が悪くなるし、その後の調査はできないし」

「なんか、相談室に行かなかった意図も……？」

「かもなあ。別に落ち込んだりはしなかったけど、ロビーで申請書やらを整理してたら、同室の初老の紳士が肩をたたいてきて……『若いの、落ち込みなさんな。あんたの物言いには問題なかったよ。あの人は普段から、他の患者にも高圧的で困っていたんだよ……』って」

「なんか、ドラマみたいっすね」

「ああ、ベタなヤツな。もう歳だから、そんなこともないとは思うけど、初回調査は誰かと一緒がいいかもな……俺は行かんぞ」

「その辺りは、うちの宮本ＳＶに相談します」

「あと、25年以上昔の立退き料の取扱いも相談してみる？　……宮本さんも困るだろうけど」

ep.16 • 見里ＳＶ、柿ですか……

「次の土曜日、実家に行ってくるよ」

夕食の時に奥さんが言い出した。

「たまにはさあ、お母さんの愚痴も聴いてあげないと……お兄ちゃんもいなくなっちゃったし。無口で面白くないお父さんと二人じゃ、ストレス溜まっちゃうからね」

奥さんの実家は、うちから約50㎞の県東部にあり、車で小一時間といった距離感だが、義母さんからは『そんな遠くに嫁がなくたって……』とダメ出しされたことがあった。

今では、義母さんの郷里の山梨に行く際に、休憩所としてわが家が利用されているが。

義兄も結婚して家を出て、義両親の二人暮らしで6年ほど経つ。

「庭の柿が豊作なんだって。お父さんだけじゃ取り切れないから、誰か一緒に行かない？」

次男のピアノレッスンの送迎もあり、私は行けない……

「じゃあ、僕行くよ」と長男。

「おおぉ、行ってくれるかい。職場の人にも配るから、たくさん取ってきておくれよ」

「実家やお兄ちゃんのところとうちじゃ食べ切れないから、たくさん配ってかまわないわよ」

「お父さん、どーせまた配る時に大ボラ吹くんでしょ？」と長女。

「ホラ？」

「そうだよ、ジイちゃんが試験場で交配しただの、幻の農林19号だの……謎のウソ」

「住宅街の庭の柿なのにね。ジイちゃんは民間だったし」

たしかに……『これは、義父さんが農林試験場にいた頃に交配した柿で、すっげぇ美味いんですよ。ところが時代のニーズは桃や梨にシフトしちゃって、日の目を見なかった幻の〝農林19号〟って言います』……と講釈たれながら配ってはいた。


「あん？　それで誰か傷つくんか？」

「いや、誰も傷つかない……かなあ」

「いつも言ってるけど、人を傷つけたり貶めたり、損失を与えるような嘘はアカンの。そうじゃないなら、むしろ柿に付加価値が付いて、さらに美味しく感じるだろう？」

「そうかも知れないけど、いる？　それ？」

「フフフ、みんな大好きだろう……付加価値ってヤツが」

「お母さん、なんでこんな変なヒトと結婚したの？」

「……ハハハ、なんでだろうねえ？　でもそれで、あなたたちに会えたわけだけどね」

果物の美味さは、甘味と酸味のバランスで決まると子供の時から思っていて、酸味をほぼ感じない柿は苦手だったので、義実家の柿と出会うまでの39年、それまでに食べたのは恐らく2、3個……そんな私をしても、美味い！と言わしめる奇跡の柿なのは事実で、贈答品の柿をも凌駕する、が一族共通の認識となっている。

『ドブ川の水が良い肥料になってんだよ！』と義父さんが言う。

義実家は、５ｍ幅南道路の対面に市の公園があり、日当たりは抜群である。

敷地と道路の間の小さな水路を、義父さんは〝ドブ川〟と言うが、行政が施した開渠《かいきょ》であれば、流れているのは雨水のはずなので、特殊な肥料効果があるとは思えない。そもそもコンクリートで護岸しており、敷地に浸透もしないだろうし。

「たしかにね、バアちゃんちの柿は美味しいよね。何でだろう？」と次男。

「昔、市役所で配ってた苗木を植えただけなんだけどね」

「たっかい、高級柿よりも美味しいよね。なんか、ＤＮＡレベルで調べてみたいね」

「それはいつか、そういう研究をする立場になったらやってみなよ。大発見があるかもだ」

「話は変わるんだけど……」と長男。

「ん、なに？」

「今日、コウタと龍ノ助と一緒に帰ってきて話が長くなって、駅の方を回って、図書館で本を借りて帰ってきたの」

「けっこうな遠回りじゃのう」

「そしてね、児童館のそばのおんぼろアパート、あさり荘としじみ荘って分かる？」

実は、昔ケースワーカーだった頃に担当していた地区にわが家は建っている。

２つのアパートは当時からあり、それぞれに受給者が住んでいたこともあった……長男の話、少しイヤな予感が。

「古めのアパートが並んであるのは分かるが、アサリとシジミなんだ……」と少しごまかす。

「おんぼろなんて言ったら失礼でしょ、昔お父さんが住んでたカムイ荘よりは、全然高級アパートよ！」

「いや、それではカムイ荘や俺に失礼じゃね？」

「だって、ジイちゃんが泣いてたんでしょう」と長女。

「そうなんだよね……もうここに引っ越すって決まってたから、新婚の時にどこも借りずにいたら、ジイちゃんが来てね。あまりのボロさに目が点になってた」

「いや、そこまでかあ？」

「そして、帰ってからバアちゃんに話してて泣いたって」

「いや、泣くところか？　新築の新居が決まってんのに！」

「兄ちゃんの話は？」と次男。


「わりい、それで……」

「そう、そしてね、その間の道を通った時に、変な臭いがしたんだよ」

「えっ？　変な？」

「うん。何かさあ、動物が腐ったような……うーん、太めの生臭さ？って感じ」

「太め？（何ちゅう形容か！）そりゃ、どこかで魚、くさやでも焼いてたんじゃねえの？」

「そうかなあ……お父さん、嗅いできてよ」

「あん？　今からか？」

「うん。昔、遺体の確認をさせられたって話してたじゃん」

「いや待てよ、もう7時回って食事中やん！　なんで、せめて俺が帰ってきた時言わんの？」

「だって忘れてたんだもん」

「イヤだよ。忘れてたなら、その程度のことやろ」

「ええぇ、あれは多分、誰かが死んでるんだよ。だから……」

「もしそうなら、近所の人とか大家さんとか、既に警察とかに知らせてるよ」


食後、長男が風呂に入った時に現場に行こうかとも思ったが、長男にも言ったように、事実なら既に通報されているだろうし、まだだとしても、一部屋ずつ嗅いで回るわけにもいくまいと自重した。

翌日、地区担当の1係、宮市CWに、

「あさり荘としじみ荘の担当って……イチか？」

「あっ、分かっちゃいました？　あそこ、見里SVのお宅の近所でしたよねえ」

「やっぱり何かあったんだね……なんかさあ、長男が通った時に、臭ってたみたいで」

「もう先々週だったんですけどね……発見が遅かったってわけじゃなかったんですけど」

「まあ、ここ数日は季節外れに暑くはあったしな」

「山亀さん、暖房がかなり強めだったみたいで……」

「えっ、松子婆さんか？」

「ご存知で?」

「担当してた、大昔。つうか、あの時で既に婆さんだったぞ、生きてた! つうか居宅? 施設や病院じゃなくて?」

「90代なんで、介護のこととかもって思いましたけど、いかんせん元気だったんで」

「元気? 昔はあっちが痛い、こっちが痛いって、しょっちゅう言ってたけど」

「そうなんですか、今は何でもちゃっちゃと自分で、だから介護認定の話なんかすると怒るし」

「らしいっちゃ、らしいなあ……そうかぁ、松子婆さんだったかあ……」

「地域包括からも、介護サービスの利用を勧めてたんですけど、『ババア扱いするな!』って」

「いや、そうだろ、掛け値なしで……頑固だったな、昔も」

「息子さん、嗅いじゃったんですか?」

「ああ、中学生で経験してしまったよ。あえてそれが……とは言わんが」

「特殊清掃は既に終わってて、多分管理会社が換気してたタイミングでしたかね。臭いの記憶って、残るらしいですからねえ」

「ああ、俺も数件メモられてるよ。警察官、監察医、葬祭業者くらいだろ、そういう経験するの。多くの人には無縁だし、市職員の一部が経験するってのも、世間は知らんだろうし」

「俺はまだ経験ないんで、願わくばこのまま異動まで……」

「俺だって、ワーカーの時はなかったんだよね。たまたま、担当のゾノが休みの日にさあ、警察から電話があって……」

「ゾノ? ……前園SVって、昔、見里SVと一緒だったんですかあ?」

「そう、2年後に新卒で。警察から、『なら前任の方に』とか言われて……俺だし。まあ、経験したくなければ、こまめに様子見するしかないけどね」

「頑張りますけど、いくら頑張っても、独居死を完全には防げませんからねえ」


その夜、夕食時……

「お父さん、あさり荘、しじみ荘のこと何か分かった？」

「地区担当に聞いたけど、特に何もなかったぞ」

「えっ、そうなの？　あれは絶対そうだと思ったんだけどなあ。保護受けてない人かなあ？」

「今日、帰る時に通ったけど、俺には分からんかったよ」

「うん、僕も今日は臭わなかった」

「結局、何の臭いかは分からんかったし、今日は臭わんかったし、とりあえずこの話はおしまいでいいじゃろ」

「お父さんは、何度か経験あるじゃん、それって市役所でも珍しいことなの？」

「市役所ってさあ、いろんな部署、仕事があるって分かるやろ？」

「うん」

「ほとんどの部署では、そういうこととは縁がない。ケースワーカーをやってても、必ずあるってもんでもない」

「それじゃあ、お父さんは、運が悪かったの？」

「それは分からないけど、運不運……なのかなあ、結局は」

「日頃の行い……なんじゃないの？」

「……姉ちゃんっ‼　でも、けっこう大変なところなのに、お父さん、楽しそうだよね」

「えっ？　楽しそう？」

「うん。去年の春先にさあ、下水道から異動して間もない頃、朝、楽しそうに出かけてたよ」

「へっ？　いつも同じだよ、俺は」

「ええー、下水の頃は、ため息つきながら出てったよ」

「うん、ついてたついてた！」と長女。

「お父さんは、分かりやすいのよ。喜怒哀楽が顔に出る、だから嘘をついてもすぐバレる」

「なのに、平気でバレずに謎の大ボラはふきまくるんだよね」

「子供なのよ、根本のところが」

「食べ物の好き嫌いも、家族で一番多いしね」

この母娘のつっこみは、年々辛辣になっているような気がする……

「まあ、俺の根本はともかく、それが何であったか、今は分からんでもいい。もし将来、仕事にせよ何にせよ、またそういうことがあれば、その時必要なことをすればいいさ」

「必要って？」

「そんなの、今は分からんよ。昨日みたいに通りすがりなら、無理して関わる必要もないし」

教訓？としては薄めに語ってみた。

「うーん、そんなんで……」

「まあまあいいから、土曜の柿取りを頑張ってな」

翌週、義実家の柿を職場で配った。

「おっ、見里さん、また例の柿ですか！」と柳沢ＣＷ。

「おう、今年は去年より豊作で味もいいって」

「希子は初めてだよなあ」

「柿は大好きなんで、帰ったら楽しみです」

「これは、そこらじゃ喰えないレアもんなんだぜ！　農林19号でしたよねえ」

「……ああ、そうだよ」

「希子も、他の柿が喰えなくなるぜ」

「……そうやな……ヤナ」

ep.17・見里SV、ため息ですか？

12月も後半に入り、年末年始の長期閉庁に備え、被保護世帯に受給者証を送付するなど、いつもの月末よりも忙しい時期になっている。

「はぁ……」

ため息をついた私に、内田竜太CWが……

「見里さん、どうしました？　ため息なんて珍しい」

「うーん昨日、喪中はがきが届いててさあ……俺が役所に入って、この課で最初の係長だった人が亡くなったんだよ」

「えーっ、ってまだそんな高齢ってことでもないんじゃないですか？」

「ああ、70才だって……いつもは締切ギリギリで出してた年賀状を今年は早めに出せて、したら直後に届いてさあ……」

「まあ、それは不可抗力ですけど……時々話が出る、生活保護一筋20年って係長ですか？」

「ああ、稲本さんって人で、係長で5年、一度異動して2年で課長で戻ってきた。俺の最初の10年のうち8年も上司やったたんか⁉」

「8年も付き合う上司⁈　合わないとキツいっすね」

「人間性は嫌いじゃなかった、むしろいい人って思ってた。新人の頃から、賀状のやり取りはしてたし。そうか、もう出せないのか……」

「そんな上司なら、仕事してても良かったんですね」

「いや、仕事的には……苦手だった」

「えっ、マジっすか⁉」

「俺がいい加減なの知ってんだろ、真面目で細かくてさあ、圧が強いんだよ。だから年休がかぶったりすると、謎の損した感があったなあ……竜太も今の俺に感じてんじゃね？」

「いえいえ、そんなことないッス。むしろ休まれると不安なんで、かぶった方がいいです。そんな仕事的に合わないって、何かあったんですか？」

「ねえよ、特には。ただ一度だけ、4年目くらいの頃に……」


仕事にも慣れてきて……後輩も3人、中堅という立場になった頃……当時は7、8年在席はザラだったから、中堅って感じか。


同期の原口CWが担当していた母子世帯が、低家賃住宅への転居指導で私の担当地区に越してきた。原口は几帳面で、私とは真逆な人間だった。

そんな原口が、本人の実家から、月に5kgの米が送られていると、それを収入認定していた。

担当が私になってから保護台帳を見ながら稲本係長が、

「この米5kgって、銘柄は何なんだい？」と問うてきた。

「へっ？　銘柄ですか？　知りませんよ、何をもらってても、標準価格で認定すればいいのではないでしょうか（つうか、何で原口が担当の時には言わんの？）」

「コシニシキとかヒカリササとか、高い米じゃないのか？」

「（えっ、そこぉ？）原口が持ってる時から、標準米の価格を認定してますよ」

本人と未就学の長女、2人とも食が細くて、三食必ず米飯ってわけじゃないから、一月5kgで足りているそうだ。

「高価なブランド米なら、それ相応の金額で認定するようじゃねえか？」

「いやいや……銘柄って、この親子がもし自分でお米を買うならば、財布と相談して一番安いものを選ぶ、かもです。もちろん、高いものかもしれませんけど。毎月確認などできない以上、標準価格で認定すべきかと。本来、1、500円で済むのを2、000円で認定したら、500円の不利益じゃないですかね」

「高価な米だと、栄養価とかも高くなるのか？」

「えっ、食品成分表ででも確認するんですかぁ？　栄養価？　私はそんなの意識して米を買ったことはないですが」

「銘柄で価値の差って出るんじゃね？」

「価値の差を考えて安いのを選ぶかも……なのに実家が良かれと高価な米を送って、事務所が収入認定額を上げたら、世帯の不利益でしかないですよ！」

「ってやり取りをして、『そもそも、米価の仕組みって……？』ってボソッてつぶやくの」

「で、どうしたんですか？」

に教えてくれたし」

解くって手もあるが、聞いちまった方が早いよ。電話で対応してくれた食糧庁の職員、すげぇ丁寧

「今ならググれば分かるだろうけど、当時はねえ……市役所には法規集ってのがあって、それを紐

「へぇ……」

「そう、今はもうない国の機関。さらに食管法ってのもこの時知った、それも既にない」

「食糧庁？」

「電話したよ、食糧庁に」

「食糧庁に聞いたのですが、戦時中から戦後の食糧不足、主に米、小麦、芋など主食になる穀物を国が統制・管理して国民にきちんと行き渡らせるために、食管法というのが制定されてて、それがまだ残っているとか」

「俺は終戦直後に生まれて、物心が付いた頃にも世の中が食料不足だって、大人が言ってた。うちは農家だから、さほど困ってはいなかったが、供出する側で、親は年貢って言ってたなあ」

「（なんか、知ってた？）それで、今は自由に売買できるようになっていますが、食管法は残ってて政府が買い上げてから市場に出たもの以外は、自主流通米って言ってますが、要するに〝ヤミ米〟だそうです」

「……んじゃ、実家から送られた米も〝ヤミ〟？」

「いえいえ、生産者が供出する前に、自己消費分は除きますから、それを送る分には違います」

「なるほどねえ……」

「もしコシニシキだからと、市場相場で認定したら、我々役所がヤミ米を肯定することに」

「そりゃまあ……でも、実際にはそれで出回ってんだよなあ」

「うちは役所なんで、ヤミ米を肯定しちゃマズいです」

「……そうは言ってもなあ」


「そんなやり取り、1時間くらいしてたよ……なんか実のない話？　今、俺とやるかい？」

「いや、それはちょっと」

「稲本さんは入り婿でさあ、婚家も農家だけど米作はしてなかったんだよね」

「まあ、役所に入るんなら家業にもあまりタッチは……」

「まあな、でも実家は作ってた〝米〟にはこだわりでもあったのかもね」

「あり得ますね」

「まっ、実施要領に載ってんなら従わなきゃだよ。でも、そうじゃないんだもん」

「結局、どうしたんですか？」

「帰った」

「えっ？」

「あったま来た、帰る！って」

「え！、あの見里さんの『やってらんねえ！　帰るっ！』って、若い頃からやってたんですか⁉」

「おん。年休取るのに、理由なんか要らんのよ、本来は」

「まあ、そうですけど」

「イライラしてても、仕事の効率は落ちる。まあ、一つの切り替えだよ」

「覚えておきます」

「まあ、その場でどうするってところまでは至らなかったから、本人に言って、仕送りが止まった、凶作かなんかでって収入申告させようかと思ってたら……」

「その手、俺も思い付きましたよ……」

「そしたら、リアルに止まってた……凶作で」

「良かったじゃないですか」

「まあな。でも、まだ主事の分際で、1時間も係長に噛みついてたから、先輩から〝平成米騒動〟って言われたよ」

「ウマイっすね」

「稲本さんが何で、そこまで執着したか、今も謎だけど、振り返れば笑い話だわさ」

「他は特に、衝突はなかったんすよね」

「まあな。竜太が俺の歳になったら、俺は……89才かあ。死んでるな、多分」

「いやいや、そんなこと言わずに長生きしてくださいよ」

ep.18 ● 見里ＳＶ、新規、行ってもいません

「いないんです」

外から戻った大迫ＣＷが、開口一番つぶやいた。

「もう何回か、初回調査で訪問してるんですけど、いないんですよ。携帯にも出なくて」

申請者：山木彩子さんは、都内から転入したが、傷病で就労困難と生活保護申請をした。

それが先週の金曜日で、今日は翌週の金曜日になる。

申請の際、初回訪問を翌月曜と約束したが、不在もしくは体調不良で出てこられなかったのか？

その後、火曜、水曜、木曜と今日の午前まで、足繁く通ったが、本人と会うに至っていない。

「不在票、メモも郵便受けやドアに挟んで残してますけど、それは翌日以降も残ってて、本人からの連絡もないです」

「傷病って、具体的には？」

「うつ病です、本人が言うには。自立支援医療は未申請で、通院先にはうちの要否意見書を送っています」

「うーん、うつ病かあ……いろんな意味で心配ではあるな」

「そうなんですよ。心配なんでもう一度行こうかと思ってて……見里ＳＶ、同行願えますか？」

「ん、まあいいけど。文殊町だっけ？　どの辺り？」

「あっ、地図はプリントしてます」

「ふーん……あれ？　ここって蕎麦屋？　文殊庵のとこじゃん！」

「はい、1階のお蕎麦屋さんが家主だって……」

「へえー、文殊庵がねえ……」

「ご存知で？」

「独身の頃は、常連扱いされてた。結婚してからは時々家族と、あと残業した時くらいかなあ」


1階が蕎麦屋、向かって左側の外階段を上がると玄関、店子はそこから出入りするようだ。下の家主、夫婦で営む蕎麦屋ってことは知っている。家主だからと、保護の申請などは知らないだろう。契約関係は、管理会社なりに任せていそうだし。


気づくと、時計は13時を回っていた。

「大迫、遅くなったが、昼は蕎麦にするか？　おごらねえけど」

「ええ、私も無性にお蕎麦が食べたくなりました」

中では仕事の話はしない、2人ともそれは暗黙に了承。


「見里さん、映画〝スラッシュ・ダンク〟、観ました？」

「かつて長崎No.1ガードと呼ばれた俺が、観ないわけねえだろ！」

「……ガード？　初耳です（いつも長谷部さんと剣道の話してるけど？）。良かったですよねえ」

「神のプロデュース、良いに決まってらあ。今は、主題歌をギターでコピー中だよ」

「えっ、見里さんギター弾けるんですか?!」

「ああ、弾けるよ」

大迫の口元が、ニヤリとなった。

「退職する長沼課長の送別会、やっぱりコロナ禍で宴会は無理かと。なので、3月31日の終業後に大会議室でセレモニーってことになったのですが……」

大迫は今年度、親睦会の幹事をしている。

「まあこのご時世、うちは70人の大所帯だから宴会は無理だろ、仕方ねえよ」

「なんか、つまらなくて……みんなで替え歌でもやりたくて。長沼さんといえば野球じゃないですかぁ、〝侍の星〟で替え歌できませんかねえ……作詞と伴奏、お願いします」

「お前、いきなりムチャぶりしてね？　つうか、〝侍の星〟を知ってんの？」

「知りませんよ。野球アニメってことしか……あと、コンダラぁ？」

「……知らんで頼む？　主題歌は〝行くんだ星郎〟だけど。ギターなら南野も弾けるんじゃね？」

「南野くんかぁ……伴奏はともかく、替え歌の歌詞は見里さんに、長沼さんと付き合い長いし」

「長いっても、同じ課になったのは二度目で、前回は1年だけだったし……」

「十分ですよ。飲んだ時とか、仕事以外の話もしていたんでしょう」

「そんなん、断片的な情報だし……」

「大丈夫ですよ、書けますよぉ。去年の見里さんの記録を読んでて、この人の文章はスゴいって思ってたんですよ」

「えっ、記録とかだろ？」

「ええ、私がよく読む作家さんの言い回しに似てて、私は読みやすくて好きです」

「よく読む？　まあ、俺も好きな作家はいるけど……大迫が思っている人と同じかねえ？」

「それじゃあ、同時に言いませんか？」

「かまわんぜ……それじゃあ、せえの……」

と、そこに注文の蕎麦が届く。

「あっ、来た来た、とりあえず食べようぜ」


「……見里さん、冬なのにもりそばなんですか？」

「ん、ホントのそば通は、冬でも冷たい麺をすするんだよ……なんてね、猫舌なだけだよ」

「私も猫舌ですけど、寒いんで」

「そっ、俺は暑がりでもある」

「あれ？、薬味は使わないんですか？」

「出汁《だし》の旨味、蕎麦の風味を楽しみたいの……」

「内田君が、見里さんはネギが嫌いって言ってましたが？」

「まあ、それもなくはないが……（竜太の野郎、余計なことを）」


「最近はさあ、ここみたいな個人経営の蕎麦屋がどんどんなくなるんだよね」

「なんか、残念ですね」

「麺は細くてコシが強い、鰹と昆布、丁寧に合わせ出汁を取って……。独身の頃はよく来てた、味も変わらん」

「すごく、美味しいですね」

「昔、出汁を変えたのがバレたことがあったわよねえ」唐突に、おカミさん。

「えっ、そんなことあったっけ？」

「いつもの鰹節を切らしちゃって、仕方ないから別のを使ったら、いつも美味そうに食べるのに『んっ？』って、怪訝な顔して、バレたと思ったわよ。いつも飲む蕎麦湯も飲まないし」

「うーん、たしかに微妙な味の日があったような……」


「今日は、若い娘さんと……仕事かい？」

「あっ、いやまあ……」

「市役所の人だろ、前に田嶋さんと偶然、相席した時の会話で分かったわよ」

「田嶋……って、市長の？」

「ん、ああ。まだ市議だった頃だけど。どんな話だったかも覚えてねえし。さすが客商売だねえ、迂闊な話はできねえなぁ」と、大迫の目を見る。

「今日は、上の山木さんのことかい？」

「えっ、あっ、いやいや勘弁してくださいよ……」

「うちらなんだよ、生活保護のこと勧めたのは」

「えっ？」驚いたが、他に客がいなかったのは幸いだった。

「もう、先週の木曜だったっけねえ、ふらあっとやって来て、お蕎麦を食べながら『お部屋は空いてますか？』って」

「いきなり？　飛び込みで？」

「元々は息子夫婦がいたの、でも、地方に転勤になって長くなるっていうから、賃貸にね」

「そしたら、彼女が……ですか」

「不動産屋に任せてるから、そこを通してとは言ったんだよ。で、身の上話もね、自分で話し出すし。離婚になって追い出されるんで、困ってるとか」

「そ、そうなんですか……」

「なんか、病気で働けそうもないって言うからねえ、生活保護のことを言っちゃったのよ」

「その辺り、聴いてる？」

「いえまだ。詳細は訪問してからと思ってて……家主さんから勧められたとは初耳です」

「まあ、審査もあるし……結局落ちたって、一昨日電話があったの。手付返すのに本人に連絡が付かないって。だから、鍵も渡してないわよ」

「その段階で、先に申請したのか⁉」

「申請時に、そこまで確認は……」

「できねえよ！　住む前に、そして結局は入居はできないって……申請時に住宅契約書を出してもらうのは、あながち間違いでもねえなあ」

「金曜の夕方だったっけ、『生活保護の申請をしてきました、これで安心しました』って言って……その後のことは、分からないわ。お嬢さん……」

「あっ、大迫です」

「……大迫さんが、ここ数日来てたのも見かけてたけど、話しかけるのもねえ……」

「まあ、住んでいないことは確認したと。細かいことは帰ってからだ。伸びる前に、喰っちまおう……あっ、郵便受けに手紙入れてるんですけど、あと少しだけそのままでもいいですか？」

「まあ、かまわないよ。もしかしたら来るかもしれないからねえ」

「もちろん、他の方に貸されるなら廃棄してけっこうです」


「見里SVと来て正解でした……美味しいお店も見つけたし。今度、旦那と食べに来ます」

「また来るなら言っておくけど……ここはなあ、蕎麦は超絶一級品だけど、うどんは普通に美味いだけ……丼物に至っては悲しいくらいアカンのよ」

「あに言ってんだい、聞こえてるよ！」


事務所に戻ると、申請日に大迫が送っていた照会のいくつかの回答が届いていた。

「見里SV、本人が言ってた〝前住所〟で照会した住民票と、申請書に書いた本籍地、どちらも該当なしでした。あと、要否意見書を送った病院からも、該当者なしです」

「うーん、いったい何者なんだか？　これじゃあ、名前だって本当だか……」

「免許証は持ってなくて、保険証は夫に取られたって、本人の確認もできませんでした……どうしましょうか？」

「申請権を妨げてはいけないから、受理したことは問題ない。でも、調査したら本人の言う住所に居住の事実がないわけで、居住地保護も現在地保護も該当しなきゃ、そもそもうちで保護が適用できない」

「そうなりますと……却下、ですかねえ？」

「今後、本人から連絡があったり、市内某所に居を構えるってのも、可能性ゼロじゃない」

「しばらく待ちますか？　でも、どれくらい？」

「法定期限くらいかなあ……２週間音沙汰なしなら、却下の起案をしなよ。却下通知の送り先もないな……しばらく持っておくか」

「はい、分かりました」

「それと……昼間言ってた替え歌、とりあえず３番までできたから」

「えっ！　もうですか?!」

「後でプリントするから、縮小コピーして密かに皆さんに配って、ネットとかで原曲と合わせといてもらって……そんで、一昨年までの新人と事前に練習して、歌唱のリードをさせる。カラオケ好きなカズゥも入れる。それと、希子にトランペットでイントロをさせるよ。お前さんもキーボードな、子供から借りてくるから」

「三浦ＳＶにも入ってもらう……えっ、私もですか？」

「おうよ、言い出しっぺがやらいでか。カズゥを投入するのは、若手だけじゃ安定感に欠けるから、ヤツの異論は認めん……サプライズだから、くれぐれも課長にはバレないようにな」

「もう既に、プロデュースしてるし……」

ep.19・見里SV、やりましたよ！

「見里ＳＶ、やりましたよ！」

始業早々に、嬉々として話すのは柳沢ＣＷ。

「担当している山越さん、長女が金星高校の特待生に合格しましたよ！」

「えっ金星の、すごいじゃねーか！　うちの倅が受けて、特進コースには受かったけど、特待生枠には入れなかったんだよね」

「これで安心して、県立甫水女子に挑戦できるって、お母さんも喜んでいました」

離別母子世帯、本人は正社員で給料もけっこうあるが、子供が３人もいるのでギリギリ生活保護という感じだ。

「本命は甫水女子か！　近い方の越蘭女子よりもさらに上、偏差値73だぜ、受かるといいなあ」

かつて生活保護では、『義務教育修了後は働く』が原則だった。平成初期もそうだったが、現実的にはほぼ高校に行くので、世帯内就学という取り扱いで進学を認めていた。

今も、世帯内就学の手順は踏むが、昔と違うのは進学を推奨している点で、高卒後も世帯分離しながらではあるが、大学や専門学校に進むことを勧めているし。

貧困からの脱却、困窮を次世代に連鎖させないためには、教育が不可欠だということに、国も気づいたということだが、ならば大学無償化とか、もっと有効な施策を打つべきとは思う。

奨学金？　現在のはただの学資ローンだろう、借金で若者を地獄に落とすだけではないのか？　大卒時に400万～500万円の負債を負い、雇用が不安定な社会に出る……利息や延滞金が金融機関の収入……喰い物にしていると思うのは私だけか？

それはさておき、進学を勧めるための具体策として〝学習支援〟という事業を始めている。被保護世帯の中学生を対象に、ボランティアの教師がマンツーマンで勉強を教えるというもの。週に2回、本庁の会議室で行うが、いささか広い市なので、電車・バスが必要なら交通費も補助している。でも、利用率がいまいち上がらない。

貧困の連鎖を止めるのに教育が不可欠、とは言ったものの、受給中の親と子にそれを説いてもなかなか響かないのかもしれない。

子供に学力を身に付けさせるとは、実は難しいミッションだと、親になって分かった。自分が親から言われて一番イヤだったのは、『勉強しろ』だった。なのでわが子にはそれを言わないことにした。

しかし、それなりの学力は付けさせたいので、将来を豊かにする手段とは説いて、意欲的に学ぶように動機付けと環境整備を意識してきた。

子育て中の保護受給世帯の中で、教育を意識している親が少ないような印象があり、私学の特待生に子供を合格させた山越世帯に意識の高さを感じた。

「それで、いい話とは別に相談がありまして」

「ん、何?」

「山和さんという、夫婦と中学生の世帯があるんですけど」

「山和……うっ、前に藤吉と一緒に行って……」

「えっ? 何かあったんですか?」

「まあ、それはそれで、今回は何?」

「実は、中2の長男から直に電話がありまして、学習支援を利用したいと」

「えっ、いいことやん!」

「ええ、ところが父親から反対されていると」

「あん? 反対? 子供が勉強するのを」

「そうなんですよ」

「親が勧めても行かないってのは時々あるけど、親が反対ってのは珍しい……でもまあ、あの父親なら、なくもないかなあ?」


本人と妻、長男の3人世帯。

本人は元暴力団構成員で、今も警察への照会を継続している。内科的な疾患のため、軽作業限定で就労可能という判断だが、経歴と性格から一般的なアルバイトを〝素人〟に混じってはできないと、就労指導が上手くいっていない。

妻は、早朝に惣菜作り、その後コンビニでパートをして、毎月15万円程度の収入申告がある。

長男は、心身に問題なく地元の公立中学校（2年生）に通っている。

「学校の成績、定期試験は毎回5科目で480点以上で、1年の頃から学年1位だそうです」

「マジか⁈　そりゃスゲえよ。塾とかは？」

「塾には行ってないです。行きたいけど、カネがないって」

「まあ、そうかぁ」

「塾にも行って甫水高校目指してる友達もいるけど、自分は授業と先生の作るプリントとかで、そんな友達よりも点数は取れていると。今のペースでも、越蘭高校なら余裕だろうけど、自分も甫水高校に挑戦したいと」

「甫水高かあ……うちの子、越蘭高志望なんだけど、模試で越蘭高は安全圏なのに甫水高だと努力圏だったんだよね。越蘭志望500人中40位だったんだよ！　甫水高恐るべしだよ！」

「そんなに違うんすか⁈」

「ああ、それで、ラグビーの全国大会常連って、おかしいだろ」

「次元が違いますよねえ……それで、父親に話をしたんですけど、なかなか理解してもらえなくて、説得するのに、同行訪問してもらえませんか？」

「山和さん、今日は折り入って相談がありまして……」

「なっ、何だよ……あれっ？　あんた前に藤吉さんと来た人じゃねえか。人に働け働けって……今日は何だよ！」

「お子さんのことで、大事な話がありまして」

「何だよ、うちの子なら何も問題ないから……」

「まあ、立ち話もなんですから、入れてもらえませんかねえ……」

「いいよ、俺がそっちに行くから！」外では話しづらい内容ではある。

そこに妻が現れ、

「了助のことでしょ、入ってもらおうよ……」

（ありがとうございます、奥さん）

室内は整然としている。妻はきちんとした性格のようだ。


「前にも話しましたけど、了助くんがうちでやってる学習支援に参加したいって件、前向きに考えていただけましたでしょうか？」と、柳沢が切り出す。

「別に、了助の成績は悪くはないんだよ、わざわざ役所まで勉強に行かなくたって……」

「了助くん、もっと学力を上げたいって思っているんですよ。勉強って、ここで終わりってもんじゃないですから」

「勉強するのを反対してるわけじゃないんだけどよお、男はさあ、勉強ばかりしてたってよお、世の中渡れねえって！　俺は学はねえけど、誰にも負けねえで世の中渡ってきた……」

「いやいや、そういうお父さんが思ってる〝渡る〟じゃなくて、どこかに勤めるとか何か事業を始めるとか、了助くんは、そう考えていると思いますよ」

「俺の子がぁ……、会社勤め？　事業ぉ？」

「はい……そのために、力を付けたいから、もっと勉強したいんだと思いますよ」

「だからって、わざわざ役所までよぉ、自転車じゃ遠いし、電車とか使うようだろぉ……」

「前にも言いましたが、交通費も出せますんで」

「なんか……また役所に借りを作るみてえで……」

「そんな……〝借り〟って」


「いい加減にしろって、了助が行きたいなら行かせりゃいいじゃねえか！」

今まで黙っていた妻が唐突に話し出した。

「なに？　誰にも負けずに世の中渡ってきたぁ？　はあ？　それで今は貧乏してりゃ世話ねえって。私は行かせたいよ！　前からそう思ってた。でも、２人で話すと喧嘩になって、今日は柳沢さんたちに来てもらって良かったよ」

「……って、お前」

「柳沢さん、見里さん、わざわざ息子のために来ていただいて、ありがとうございます。この人は学はないし、子供の先々を考えることもできないバカですよ。でも、私は了助にはマシな大人になってほしいし、将来はお金の苦労もしてほしくない」

「奥さん……」

と、そこに長男が帰宅した。


「ただいまぁー」

「あっ、おかえり」

「あれ？　うちにお客さんなんて……市役所の人だね……柳沢さん？」

「了助くん、会うのは初めてだね。柳沢です」

「見里です」

「柳沢さん……前にお願いしていた件ですよね」

「お前、子供が勝手にお願いしたのか？」

「勝手って？　俺自身のことじゃん」

「おまっ……」

「まあ、よその人がいた方がいいや。父さん、俺は学習支援に行きたい。勉強してたら分からないことや疑問が出てくるし、先生にも聞いたりしてるけど、もっとそういう機会を増やしたい」

「いいから、行って……父さんには反対させないから」

「母さん……」

「家族だけでさあ、こういう話をすると喧嘩になるだろ……うちは。だから今日は柳沢さんたちに来てもらって良かったよ」

「柳沢さん、ありがとう……」

「あっ、いや俺たちは特に何も……ねえ見里さん」

「ん、ああ、いただけだよなあ。まあ良かったよ、話がね、まとまって」

「父さんが、話分かんなくて……友達なんか親の理解があって、やりたいことも反対されずに……

わざわざ市役所の人に来てもらうこともない……羨ましく思うよ」

「了助くん……なかなか大変そうだねえ。他人の俺が言うのもなんだけど……傍から見るのと、実際に中にいるのとでは、けっこう違うよ」

「えっ？」

「そう。君が思うより、友達の家も親も何か困ったこと、あるかもなんだよ」

「困ったこと？」

「外からは何も問題がないように、恵まれているように見えてても、内情は分からんのよ」

「恵まれてれば、いいんじゃないの？」

「もちろん基本的にはな。今の時点、君は学業、思考や将来の展望とか、同級生よりも進んでいるよ、大したもんだ。それは、家庭環境とか親御さんの関わり方の結果でもある」

「結果……」

「うん、お父さんはまあ……すいませんねえ山和さん……でもお母さんは、君に志《こころざし》ってもんを仕込んでくれたんだよ。俺はうちの子にそこまでできてない」

「……たしかにね、不自由だからいろいろ考えるし。現状に、つうか家や親に不満たれるな、ってことでしょう」

「そういう回転の速さもさ強みだよ。でも、子供は少しはわがまま言ってもイイとも思うよ」

「わがままかあ……それじゃあ、〝証人〟がいるうちに言うよ」

「えっ？　何？」

「もし、甫水高に受かったらさあ……学校のそばに引っ越したい」

「えっ、そんなこと⁉」

「遠いんだよ……ここから。通ってる人はたくさんいるけど、片道2時間以上、毎日5時間近くを通学に費やすって……」

「引っ越すって、急に……」


「ヤナ、ここって高額家賃だっけ？」

「はい、転居も指導中です」

「ならば転居費用は一時扶助で出せるけど……転居先はなあ……」

「甫水高のそばは？」

「市外だよね。原則は、市内にしないとダメなんだよね」

「まあ、転居後に自立、生活保護が要らなくなるならいいけど……あとは、自費で引っ越すなら、市外でも……うちらは口出しできない」

「市内はいいんなら、安いところに引っ越そうよ。そしてお金貯めてさあ。家賃が高くて貯金できないって、いつも母さんは言ってるじゃん」


たしかに現状家賃の超過は、妻の給与に対しての基礎控除を充てているのが数字的実情で、基準内家賃ならそれは預貯金に回せて、高校入学までに20～30万円は貯められる。

転居費用の敷金礼金などにはなりそうだ……あとは運送代をどうするか？

「父さんも働いてよ」

「えっ……俺がか？」

「柳沢さん、働いたら給料分保護費は減るけど、全部は引かないんでしょ？」

「そうだよ、基礎控除ってのがあるから」

「父さんは病気だけど、安静にしなくてもいいんでしょ。何かすれば、もっと貯金できるし」

「あんたさあ……子供から言われたらさあ……」

「あのぉ……今日は了助くんの学習支援の件でお邪魔しましたが、転居とか軽作業についても、何か進展するかもですね……」

学習支援への参加は了承されたので、仕事や引っ越しは家族だけの方が話しやすいだろうと、我々は辞去した。

「あの子、すごいなぁ」

「会うのは初めてでしたが、電話口でも受け答えがしっかりしてるし、野球部でキャプテンもしているんですよ」

「文武両道かよ！」

「俺なんか、直に市外に転居させるには……って考えてたのに、すぐに〝二段階右折〟みたいな手を思い付きましたからね」

「学習支援、あの子には少し物足りないかもな。現状、学習習慣を身に付けさせる、って感じだし」

「その辺り、俺も少し心配してました」

「いや、むしろ良い。他の子の意識が変わるかもだし、先生方の血が騒ぐのも悪かないよ」

「血が騒ぐ？」

「おうよ！　元々教べんとってた人たちでしょ、期待しちゃうよ。目に見えて成果が出たら、参加者が増えるなんてこともね」

「つまりは、起爆剤みたいな」

「おうよ！　さらにさあ、本人への就労指導も進展しそうだし」

「そうですよね、あれは俺も驚きましたよ」

「前に藤吉と行った時は、仕事の話で激怒されちゃって……もちろん無理はいかんが、彼が働けば自立にもかなり近づくしな」


ほどなく、長男は学習支援に参加となり、本人の就労や転居に関しては、しばらくは静観しておくこととした。


冒頭の山越世帯の長女は、県立志望で最難関は避けて越蘭女子高に合格した。

4月から高校生になり、勉強も部活動も熱心だそうだ。

そして3ヶ月ほど経って、母親が生活保護を辞退したいと言ってきた。娘も頑張っているので自分も頑張りたい、ということだ。

厳密に要否を判定したら要保護性があることも説明したが、それは控除の分であって、基準よりも稼いでいるので大丈夫だし、頑張っている背中を子供に示したいと言っていた。

このお母さんと子供たちなら、きっとやって行けると思った。

あとがき

憲法に保障されている生存権を具現化した……と、難しいことは言いません。『日々を平穏に過ごして、暮らしを立て直すための手助け』それが福祉事務所の仕事です。

生活保護は、無差別平等に誰でも受けられますが、困っていても相談するのに敷居の高さを感じる、という人もいらっしゃる、でも、まずは相談してみましょう。

生活保護以外にも窮状を解決する方法をご説明できます。

それらを使ってもなお困窮するなら、保護を利用して生活をリカバリーすれば良いのです。

ここでお話ししたのは、福祉事務所で起こりそうな事例のフィクションです。

それでも多くの世帯を担当して、日々多忙なケースワーカーにとって、想定外の出来事が負担になるのも事実です。

そんな、現場の奮闘や悩みを知っていただき、同じように悩んでいる人にとって〝ヒント〟になったり、既に受給されている方でも、そうでない方でも、気軽に役所・職員に相談できるきっかけになればと本書を書きました。

また、エピソードには、未解決や尻切れトンボというものもありますが、福祉系の学生さんには、公的扶助論の演習として、現場の職員には、実施要領や別問には載っていない事例として、仲間と議論してもらえればという気持ちも込めました。

福祉の仕事には、困っている人、必要とする人がいる限り終わりはありません。

そこに携わる皆さんも、支援が不要でも他者との関わりなく生きてはいけません。

いろんな人と事象が絡み合って回っている世の中の、そのほんの一部だけでも、皆さんに伝われば幸いです。

※法、制度、取り扱い等が現在と異なるところもあります
※役所と福祉事務所は、同義語として現場でも、本文のように使われます

〈著者紹介〉
田渊 青（たぶち あお）
昭和38年生まれ、社会福祉士
福祉事務所でケースワーカー、
査察指導員を経験
佐世保北高、東洋大卒

SVはつらいよ
～生活《せいかつ》支援《しえん》課《か》保護《ほご》２係《がかり》～

2025年1月31日　第1刷発行

著　者　　田渊 青
発行人　　久保田貴幸

発行元　　株式会社 幻冬舎メディアコンサルティング
〒151-0051　東京都渋谷区千駄ヶ谷4-9-7
電話　03-5411-6440（編集）

発売元　　株式会社 幻冬舎
〒151-0051　東京都渋谷区千駄ヶ谷4-9-7
電話　03-5411-6222（営業）

印刷・製本　中央精版印刷株式会社
装　丁　　村上次郎

検印廃止

Printed in Japan
ISBN 978-4-344-69193-3 C0093
幻冬舎メディアコンサルティングＨＰ
https://www.gentosha-mc.com/